JN274269

岡部伊都子作品選　美と巡礼

美のうらみ

藤原書店

奈良・室生寺にて（1962 年頃）

母ヨネと神戸・住吉の家で（1956年頃）

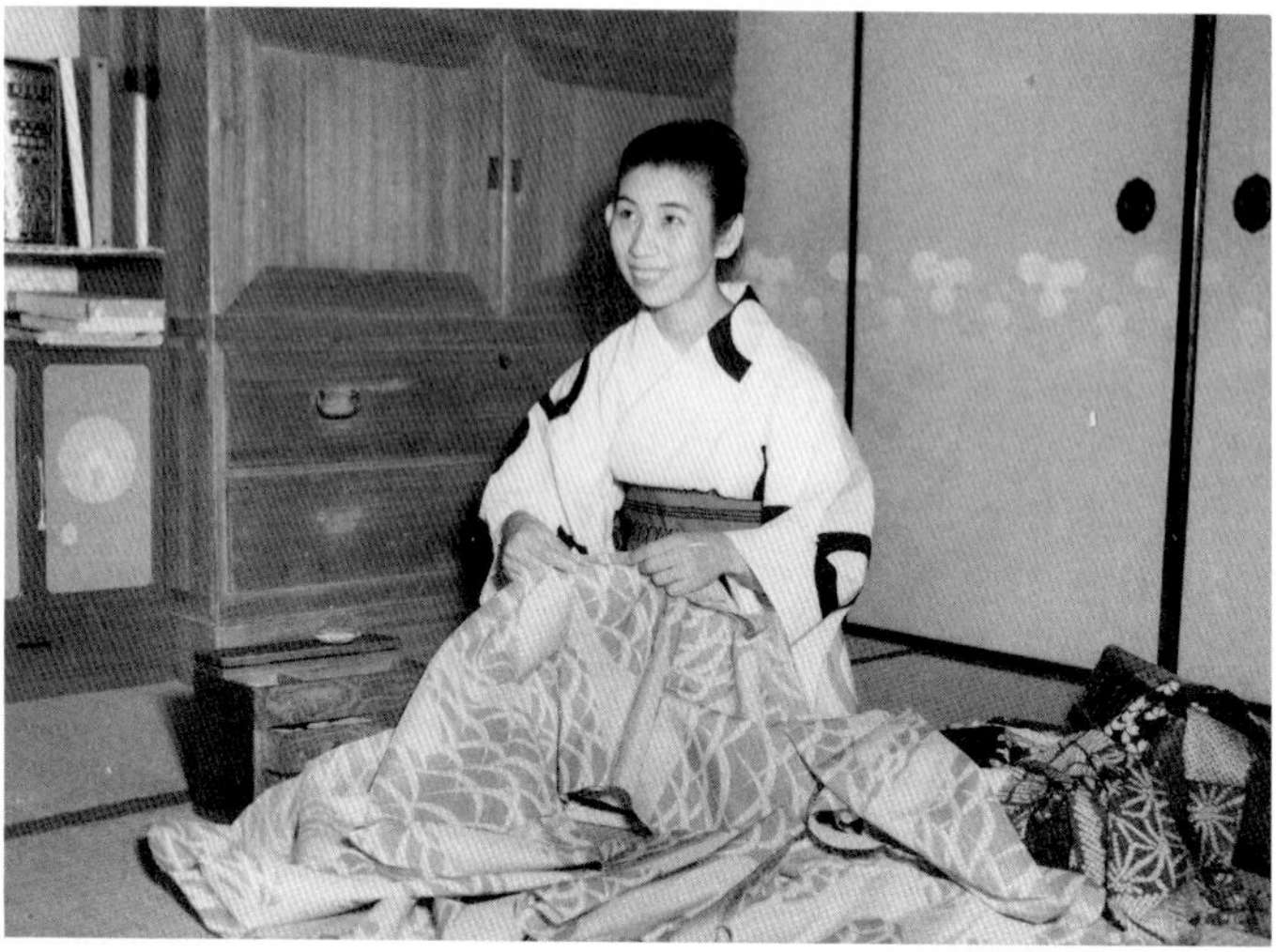

美のうらみ　もくじ

もみじ明り……………………………………7
「次の瞬間、枝を離れることになっても、渾身《こんしん》の怒りに紅《あか》く染まったもみじの美は、やはり永遠の美なのである。」

冬の城……………………………………25
「戦火をまぬがれた名城のおかげで、美の要素が、むざんの要素と密着している城のつくりを、しみじみ手に触れてみられる。」

匹田鹿《ひったか》の子《こ》……………………………………43
「田原さんのしぼった布は、まるでうまくたき上がったごはん粒のように、清らかにそろっている。」

雛まつり……………………………………59
「男性と、女性とが仲よく肩を並べている一対の愛の姿、その甘くみえる一対の調和は、ものすごい努力の裏打ちを必要とする。」

墨のいろ……………………………………75
「美しい言《こと》の葉も、呪《のろ》いの文言《もんごん》も、空想の風景も写生の実景も、墨あればこそ描きだすことができた。」

花道…………93
「いま生きて歩いているこの苦しい道以外に、花道なんてあるはずがない。だから、苦しい道をもって、わが花道とする覚悟がいる。」

青松…………109
「大島にはハンセン氏病療養所がある。すばらしい松林の浜辺をもつ島で、思いがけなく忘れかけていた日本の自然の浜辺にめぐりあったような気がしたのだ。」

鏡の子…………125
「毎日、曇らぬようふき清めていても、汚れてしまう。どんなに大切に扱っていても、思いがけなく割れてしまうことはある。」

後祇園会《あとのぎおんえ》…………141
「船鉾の組立てをする大工の棟梁も、月行事である長老も、混雑のなかのゆかた姿ながら、ちゃんと扇を前に置いてご挨拶、ちょっとした、そういうところに、京の優雅さが香りのように匂う。」

地獄絵図……………………………………157
「なつかしいような親しいような、そのくせ、はだに粟だつような、深いかなしさにひたされてくる。この地獄が、他ならぬ人間自身の考えだした地獄であることを、痛切に感じるからであろう。」

心つむぎ……………………………………175
「この、こぶこぶ分厚い手織着尺を着て、着物に着られない女人、自由自在に着こなしうる女人がうらやましい。まったく、格闘である。おそろしい着物なのだ。」

呼応の石仏……………………………………191
「くるっと丸い顔、きゅっと両はしをあげた唇。目尻のさがった眉。『まあ、可愛い』とたちどまってしまう。頬ずりをして、あやしたいような、親しみが湧きあがってくる。」

旧版あとがき　207
追ってがき　210
［解説］その手によって　朴才暎　213

美のうらみ

題　字・篠田瀞花
カバー写真・井上隆雄

もみじ明り

■黄もみじあわれ

空に朱《あけ》、地に朱。

みあげても、みおろしても、美しい紅《べに》もみじが輝きわたっている。天然の綺羅《きら》の、まっただなかにいる私。空からも、地面からも、反映される赤いもみじ明りに、きっとこのひとりの人間も、うす赤く染められているのであろう。

京の秋は、人を染める。人の心を染める。

べつに、京でなくても、楓《かえで》は紅葉《べにば》、銀杏《ぎんなん》は黄葉《きば》。

秋の冷えは葉緑素を微妙なニュアンスで変質させる。どの山もどの谷も、奥行き深くもみじする葉に光りあふれ、どの野原もどの高原も、いじらしい草もみじにおおわれる。花よりも強烈な、濃厚な秋化粧である。

そうだ。私はきっと、その濃厚さが、むっときていたので、これまで紅葉を好きだとは思わなかったのだろう。私の虚弱な精神と感覚は、秋の華麗を紅でよりも、むしろ黄の炎のような、黄金《こがね》の葉の方に深く感じていた。紅もみじの悲しみより、黄もみじのあわれの方が、素直にはいってゆけたのだ。

そのころ、私は怒りを知らなかったのだと思う。怒りの美しさを味わわなかったのだと思う。自分自身に対しては、しょっちゅう怒っているつもりであったが、他者に怒りを投げつけるだけの覚悟がなかった。

どんなに狂おしく腹をたてていても、忍耐することによって、かえってきびしい批判を示しているのだと、安心していた。

けれど、その忍耐は、第三者にはすぐわかっても、肝心の相手には通じなかった。忍耐しているだけで、許せないことは絶対に許してはいないのに、相手はやさしく許されているように錯覚するのだ。だから、どこまでもつけ入られ、際限もなく辛抱することになる。自分の辛抱の限界を見極めたい希望も私にはあって、それが、いつも、常識以上の忍耐に私を追いこむことになるのだが、忍耐はついに、私の心身を疲労させるだけで、何ひとつ美しいものをうまないのだ。

Aへの忍耐は、Bに笑われ、そのBへの忍耐は、またAがあざける。それをさらにCが呆れ、Dにおどろかれるといったあんばいで、われながら滑稽《こっけい》にさえ思える怒りのなさであった。つまり、相手を人間的に尊敬している間は、いつも涙ぐましく真剣にむかっているし、相手をいたわるときは、もう、ユーモラスな余裕になるのだ。

つまらぬ相手に腹を立てると、その同じつまらなさにまでひき下げられるような気がして、なかなか真剣に怒れない。結局、自分だけのことにかかわらない大きな視野での怒りにみちて、はじめて怒りを表明できるようになるのだ。

怒りは全身を火にする。血を熱くさせる。からだにはあまり、いいことではない。

いったん忍耐をやめてからの私には、すこし怒りが多すぎるようだ。大小の憤りに、朝な夕な面《おもて》をやかれる。ニュースを読んで怒り、たまたま見たテレビに怒り、そんな話をしてもわかってもらえないことに怒り、今まで怒れなかった自分に怒り……。

「なんて疲れるんでしょう。でも、疲れるからって、怒らなきゃならないことを怒らないわけにはゆかないわ」

だから、その怒りの内容が問題である。いったい、何にどのような意味の怒りを覚え、何に心をかたむけ、努力して疲れるのか……。その方向さえいつも検討し、つまらないことへのわが怒りを怒りつづけてみていられたら、怒りも疲れも、さわやかに納得できよう。次の瞬間、枝を離れることになっても、渾身《こんしん》の怒りに紅《あか》く染まったもみじの美は、やはり永遠の美なのである。

怒り得て、はじめて美しく心にうつった紅もみじの紅明り。幾段階もの心のように、もみじっぷりにもさまざまの変化がある。空をおおう、おびただしいその小さな紅い葉の群、地をおおう、おびただしいその小さな落葉の群。

そのなかの一枚を手にして、小さな一枚の葉の中に染められている色の多様さに驚嘆する。葉の先から柄までに含まれる、この複雑な濃淡の面白さ。まだうす青い黄ばみをのこしているところから、だんだんの橙《だいだい》、朱、紅、臙脂《えんじ》。ほとんど、まっ黒にみえるところまである。単純に、ただひと色に染まっているわけではない。

それが、みょうに心象絵図めく。

■美の空間へ

思いがけなく京住いの身となって、この秋のもみじをしたたかに味わうことを得た。そして、一枚の葉のなかの色の分布の妙におどろくと同じように、同じ京のもみじにも、そのある場所によって、ありようが異なり、その美しさにもいろんなちがいがみられるのにおどろく。

たとえば、高雄《たかお》の神護寺《じんごじ》と高山寺《こうざんじ》とでは、お隣同士の場所なのに、高山寺のもみじの方が、洗われたように清潔にみえるのである。神護寺の、すらりとしなやかな幹をもつ楓林のなかの道は、ほんとにすがすがしいのに、どうして、ここのもみじより、高山寺のもみじの方が、きれいにみえるのだろう。ヴェールがかかっているのではないかとまぶたをこすってみたくなり、何度もふりかえって見直してはふしぎがる。

目の印象は、いくら見直しても高雅に美しい高山寺のもみじであるのに、あの石水院《せきすいいん》に腰をおろして、清滝川《きよたきがわ》の流れをへだてた対岸の山にむかっていると、とてもじっとすわってはいられないほどの騒音がのぼってくる。下の周山《しゅうざん》街道を通る、バスや乗用車のエンジン、クラクション。

もうここも、貴重な静寂を奪われた美の形骸になった。

写真でこの石水院や山もみじをどんなに立派にうつしても、それは雰囲気とは無縁のものだ。この騒音は、目でとらえうる美の空間への情容赦もない侵入者である。

京まで住いを移すことになったのも、生活にとって余分なぜいたくなものは何もほしくない私が、つつましく生きてゆくためにほしい最低の条件として、澄んだ空気、太陽の光、草木の育つ土、静寂などを、激しく求めたからであった。

しかし、その京でも、そういった条件のほろびてゆく速度は急ピッチだ。やっと探しえた西郊の小さな借家で、裏山の小鳥が一日中鳴くのをよろこび、空気がきれいなせいか、星が近く多くみえる夜空をよろこび、日のさし入る部屋で久方ぶりの縫物をよろこび、石ころだらけの土に、草花の種をまいてよろこんだりしているけれど、この静寂も、一年もつか、二年たもてるか、疑問である。

「精神的にも人目にたたない自由をよろこぶ人だから、地方には住めないし、かといって、安心して住める気楽で気持のいい場所は、ぐんぐんなくなる一方だし、この調子でゆくと不愉快な近代化に追いつめられて、蒸発してしまうのではありませんか」

などと、心配される。

まったく、貴船《きぶね》の近くの雲ヶ畑志明院《しみょういん》には、都心から追いだされた物怪《もののけ》たちが、まだわずかに生きのこっているそうだけれど、人間怪に追いだされた物怪たちの方が、私の親しい仲間になるらしい。経済力があればまだ、遠くの方へ避難してもゆけるけれど、貧弱な女物怪は、蒸発してしまうより、手がないかもしれない。

なぜ、人間よりも物怪の方が、生物的に健康な、美しい空間に住むのであろう。人間は、人間的であろうとするよりも、現代の産物をもてはやすことに急である。大切な、生物的に健康な環境を平気でつぶして、何かほかに守られなければならないものがあるというのか。人間はもっと、自分の呼吸を大切にしなくてはいけない。

■率直な皮膚感覚を

一条通り「山越」バス停留所のところに「千代の古道」の標識がある。昭和七年（一九三二年）、嵯峨自治会の発行による『嵯峨誌』によると、

千代の古道は太秦《うづまさ》村常盤《ときわ》の森を過ぎて、広沢池の東南に出づる道なり、今は村道なれど、昔は大内裏より嵯峨への大道なりしなり、「嵯峨の山千代の古道」又「嵯峨の山みゆき絶えにし」など、歌に詠まれし所なり。

とある。後鳥羽院の、

いにしへの千代の古道年経ても猶あとありや嵯峨の山風

という歌を筆頭に七首の歌が並んでいるが、そのなかの、

君が代の千代の古道ふりはへて引くや子の日の嵯峨の山松

千蔭《ちかげ》の歌をみて、あらと思った。この古道は、よほどの昔から、都から嵯峨野に遊ぶときの通い路であったらしいが、いまは三分もたてば通りすぎてしまう、短い、白けた道にすぎない。この古道のそばの小さい丘に「さざれ石」があるというのだ。

さざれ石とは細かな小さな石のこと。

それが巌《いわお》になるなんて、そんなおかしなことがあるものか……という意見。

いや、事実、小さな破片のバラバラなのが、ひとつに固まって岩になることがありうるのだ……という説。

明治十三年（一八八〇年）、日本国歌に制定された「君が代」にちなむものではないのか

という気がする。はじめ古今集では「我が君は」だったらしいが、和漢朗詠集に「君が代は」とかえてあった歌。この、読み人しらずの歌を国歌に選んだのは誰であったのか知らない。

制定以来、明治の二つの外国との戦争をはじめ、どんなにかたびたび、国民の対外士気高揚に、そして民族意識の高揚にと、鳴りひびいたことであろう。

小学期では式日のたびに歌った。思春期、青春期では、そのほとんど毎日、この曲がラジオから流れ、心から天皇家安泰を祈っていた私の姿が「君が代」をきくたびに反射的に思いだされる。いくら軍国主義教育を徹底的に叩きこまれた時代の、それも少女だったからといって、私は自分が、率直な皮膚感覚を失っていた事実を、みとめないわけにはゆかない。優等生でありたいという、イイカッコ意識が、私のなまの感覚を、見事にこわばらせたのだ。

戦争はこわい。死にたくない。別れたくない。死なせたくない。戦争はいや。してはいや。どこの国の人も戦争なんて、いやなはず。

今思うと、人間としてごく自然な、当り前のこの言葉を、私はなぜ言えなかったのであろう。もとより、政治にも、哲学にも、思想にも無縁の小さな女の子。その女の子ならかえって率直に言えるはずの言葉がでなかったのは、言葉を失っていたからではなかった。私ははっきり、戦争を当然とし、死を当然とし、兄や愛しい人びとの死地に戦うのを当然と考えていた。こわいという、いやという、率直な皮膚感覚を失っていた。

いくら、そう思うように教えられても、そう思えない人たちも多かったであろう時代に、私は、敗戦によるショックをうけるまで、何を疑うこともなかった。「信従の精神が大切です」と女学校で教えられるままに、まさに信従してはならないことを信従していたのだ。

私は、そのために今度は、目をさまして率直に発言しはじめた自分の皮膚感覚を、愚直なまでに守ろうとする。

■人の世も風土自身も

よければいい。いやなものはいや。スモッグの空気の方が、ずっと近代的なのです、近代人はあの空気を吸うのが当然なのですよといわれても、もはや呪縛にかからない。いやなものを拒否する感覚だけは、失いたくない。死の灰がまじるのはいや。どこの国の戦争に協力するのもいや、利益を得るために、心を貧しくさせるのもいや、ここまではがまんするけれど、ここから先はいや。

「さざれ石」は、なるほど、岩だった。

「あなたは、いつからこうしているの。どんなことがあったの。なぜ、さざれ石といわれているの。君が代についてのあなたの考えをきかせて。きかせて」

この嵯峨野という、小さな野原に限って考えてみてさえ、すさまじいばかりの天皇位争奪の闘争、それゆえの不幸がある。その、血みどろの位を、やっと手にした天皇と、その勢力につながる人びとにとって、まさしく「千代に八千代に」と祈らずにはいられない熱願の心なのだ。

そしてそれは、その天皇の反対勢力や、ぜひにもわが推す皇子を天皇にと願っている上皇、法皇、顕臣《けんしん》らにとっては、一日も早く終焉《しゅうえん》をと、必死の願文を書かずにはいられないのろわしいことであった。

南朝、北朝の不幸な天皇位二つの現実は、ひとつで足りぬ天皇位への望みを、幕府側につけこまれた天皇家の人びとの混乱だった。天皇位確立と同時に親子、妹背《いもせ》、兄弟、主従の間にも、つねに、猜疑心にみちた暗殺が行われた古事記、日本書紀の時代から、天皇に親権がなかったり、あってなきがごとき衰微時代も長かった。実権のない時代でさえ、いや、ないからいっそう位がほしいのかもしれないが、じつにおびただしい人びとの血と涙が流された。天皇制の天皇家側にもたらせた陰惨な歴史である。

何岩というのであろう、ごつごつとむくれた岩、かわったはだの岩である。土地の人びとにたずねてみても、この岩の由来をごぞんじない。岩の質もわからない。おべんとうのカラなんかが捨ててあるのは、やはりここまで遊びにくる人があるからだろう。

腰をおろして、目の下の嵯峨野を眺める。キラキラと、池や、トタン屋根らしいものがあちこちで光っている。野の部分よりも、人家の方が多くなってゆく気配は、刻々とカン高い。下の道を通りすぎる車の、ヒュッヒュッとあげる音も、その変化の早さを告げるかのようである。

頂上までのぼってみて、ふと、真東に双ヶ岡《ならびがおか》の三つの峰が、けむったように浮かんでいるのを見つける。まるで、まぼろしのように美しく、愛らしく肩を並べた三つの峰である。この愛らしい双ヶ岡を、仁和寺ともあろう格式高い大寺が、民間に売渡すという。先代からうけとったものを、そのまま守るという、いわば受身の姿勢でさえ、よほど積極的な努力が必要な時代なのに。それをむざむざ手放すなんて。

これまでも、京の空間を異常に変化させることが起るたびに、借景の庭の多い京の寺々が、民間の営利目的の空間侵害に対して、きびしく反対しないのがへんに思えた。利益追求はおたがいさまというところか。

せっかく、たとえ信仰心からではなくとも、美や静寂を求めて集まった有縁《うえん》の衆生《しゅじょう》なのだ。なにかひとひらの精神的感動を与えてほしい。良きものを求める心は、そのまま真理のしみこむ素地であろう。

徒然草にでてくる僧でも、ピンからキリまであるようだから、現在の状態は仕方のないことかもしれない。しかし、それだからこそ、毅然《きぜん》として社会の矛盾と打ちたたかう僧の、僧らしき実践がいまほど求められているときはないのだ。

頬ずりをしたいような、なつかしい三つの峰。どうか、このまま健やかにと祈りたくなる。曇り日ゆえのおぼろの姿が、きれいな余韻をもたせられる。この風景も、はたしていつまでありうることやら、諸行無常は、人の世のありようだけにとどまらず、いまは風土自身の姿になった。

ほろびるにしても、つくられるにしても、その過程のゆっくりたしかめられた時代ではない。あっという間につぶされ、あっという間につくられてしまう。今日あって明日なき不安は、いのちある間に、どのように見たくないものを見なくてはならぬのかとおびえるくらいだ。

時代に狎《な》れることに、私はもうこりごり。

どんな時代がきても、私は私の、素朴な好みで生きたい。みんながそれぞれの好みによって、生活できる生活水準をもちたい。いい空気、安心して飲める水を得ることは、好み以前の問題だから、共同して大切にしなければならない。

そして、人の神経をみだす騒音という、これはひどい兇器を憎もう。

排気ガスのせいで、植木づくりの園も、よく木がいたむそうだ。

■怒りの紅

広沢池のそばには、冬菜の美しい茂りがある。おだやかな農村風景が、てのひらでかこみたいほど貴重なものに思われる。

わざわざ、畑のあぜを通って大沢の池までゆく。西山に入ろうとして夕方の色になった太陽が、もみじざかりの楓の枝を、真紅に通過している。その下にぼんやりたたずんで、もみじ明りに染まると、心がふうっとあたたかくなる。

涸《か》れた滝をよみ入れた藤原公任《きんとう》の、

滝の音は絶えて久しくなりぬれど名こそ流れて猶《なほ》聞えけれ

の滝あとだという名古曽《なこそ》滝跡は、いっそう静かだ。

大沢池はまわってみる人でも、ここへはいってくる人はあまりいない。たださくらや楓、いちょう、プラタナスなどの落葉がうずたかく、さくらの花ごろはさぞかしと、さくら落葉にその花の春を思う。春の夕刻、たそがれの長いころに、いちど歩いてみよう。池に散り沈んだ落葉は、まだみずみずしい姿を保って、つかの間の刻を、枯れかねている。

京の紅葉黄葉に、毎年染まりにくる人びとは、増すいっぽうであろう。もみじ明りの下にたって、自分の怒りをたしかめ、もし必要な、怒るべき怒りならば、もみじといっしょに燃えよう。

「あんまり怒りたいことが多いから」と、怒りから逃げて、もみじ明りに染まるのは惜しい。もっともっと、怒りを表現することを、きよらかに鮮かに、そして庶民いっせいの怒りが、満目の紅葉の迫力にも似た壮麗さで、納得のゆかない対象に迫らなければ。

これまで、庭に楓の木をもったことのない私に、裏山から舞い散る楓もみじが心をなでる。風のもたらした造形のまま、しばらくをたのしんで、やがて落葉をはき集めて、マッチの火をうつすのだ。庭というようなものではない狭い土の部分に、この落葉を焼く匂いと、煙が流れる。

両手にひとつかみほどの、かさひくい落葉は、たちまち煙になってしまう。ままごとのように幼いしわざ。

けれど、私の全身に怒りの紅をたぎらせてでも守りたい、このひとつかみのよろこび。

冬の城

■城の姿に託して

照明が消されていたので、駅から真北にそびえているはずの、姫路城は見えなかった。すこしライトが明るすぎて、なんだか、白っぽい版画のようだった夜のお城。もすこし、陰の深い方がいいのに……などと通りすがりにみて思ったことがあるけれど、さて、見えないと、さびしい。

黙。師走の夜空に吸われて、黙立している城を感じる。馴染《なじみ》ふかい城の姿である。

戦争中、なん度かこの姫路駅に降りたったものだ。姫路の連隊にはいった義兄や、従兄に、面会するためである。乏しい食糧をかき集めてくふうした重箱を、ショールなんかの下にかくすようにして、威張った下士官たちの目におどおどする兵隊さんの面会所に入った。

いつも無我夢中で、何を、どのように食べていたか、覚えていない。何もかもなくなってしまって、おしまいには、煮た千切り大根をしんに巻いたおすしを、持っていったりした。千切り大根ののり巻なんて、つくったのも初めてだが、それでもへんにおいしかった。そんなおすしがおいしく思えるのが、かえってもの悲しいようであった。

従兄は無事に戻ったが、義兄はビルマで死んでしまった。姫路は、軍都だった。飢えに渇いて苦しんだであろうビルマ作戦に従って、要領の悪い中年兵卒は、どんなに、ふるさとの味をなつかしがったことであろうか。その、みごもりの妻をしのんでいたことであろうか。

「あなたのお父さんは、いわゆる賢いやり手、といった人ではなかった。けれど、涙ぐましいほど純真な、きれいな気持の人でしたよ。あなたの中に、そのきれいさの流れていることを、大切にしてね」

すでに娘ざかりになっている姪は、ああよかった、とうれしそうな顔をする。父なる人を「どんな男性か」知りたいのは当然であろう。その義兄の夢に、あるいは千切り大根ののり巻が、あらわれたかもしれない。また、外地へおくられるまでの間、日々、召集されてきた感慨を託して眺めたであろう城の姿も。

寝ぐるしくて、まんじりともしないままの、朝方から雨がふりだした。あたたかな十二月、とはいえ、押しつまった年の暮だ。動きを制限する雨だ。六月一日の開場以来、おすなおすなの人気を集めていた白鷺城《しらさぎ》も、さすがに人影はすくない。

濡れた白鷺の羽の、あのやわらかさ。

春はさぞかし美しいことだろう。冬もあえかな桜樹があちらこちらにけむっている。国費五億五千万、八カ年を費して解体修理したせいで、建物はすみずみまで、すっきりとしてみえる。いまは昔、天皇家がまっぷたつに割れた南北朝時代に、南朝に与した赤松政則《あかまつまさのり》が、ここ姫山に砦《とりで》をきずいたのだ。

野原のまん中にたつ平城《ひらじろ》、山上にたてられた山城《やましろ》、そのいずれにも、風姿の趣きがあるけれど、いちばん城にふさわしいのは、小高い丘をとりいれた平山《ひらやま》城のたたずまいである。この姫路城が、天下の名城といわれ、日本の城としても、世界の城としても、有数の美しさをみとめられているというのも、この周辺に点在する小高い丘を利用した、平山城の特色を、十分に発揮しているからだろう。

はじめはほんの、田舎砦に過ぎなかったのかもしれないが、その後、赤松政則、羽柴《はしば》秀吉、池田輝政、本多忠政などが、次つぎと手を加え、この華麗の襞《ひだ》にみちた見事な城郭ができあがったものらしい。ここは西国を睨《にら》むに格好の場所、瀬戸内海を望んで視界もひらけ、散歩に適した野山も豊かにひろがる、美しい土地である。

大手門からはいって、まず菱《ひし》の門がすばらしい。堂々とした構えで、禅風の華灯窓《かとうまど》が美しい。豪壮で繊細、清楚で艶麗といった姫路城の見事さが、この門だけでも感じられる。

■女人たちの思い

西の丸にあったはずの、鉄砲蔵、武具蔵、旗蔵などのなにもなくなった空地を歩き、長局《ながつぼね》の廊《ろう》にはいった。

雨はいよいよ濃く、三百メートルはあるという渡《わたり》櫓《やぐら》の廊は森閑としている。しずくのつたう傘と、ポリエチレン袋にいれた草履《ぞうり》をもって、歩いてゆくと、向うの方から人影があらわれては、また背をみせて遠のくようである。北側が通路。南が、小さく窓をあけた八畳から十畳、十二畳、といったところの小部屋が、ずっとつづいている。この一部屋に、何人の女性が暮していたのだろう。

長局の、西南のはしからだんだん二の丸の方に近づいてゆくと、部屋も廊も立派になってゆく。一部屋にひとりの局たちが住んでいたのであろうか。はるかに粗末な部屋はきっと、局の従者のひかえる部屋なのだろうか。加加見山《かがみやま》旧《こきょう》錦絵《のにしきえ》の舞台でみる、尾上《おのえ》の部屋、お初のひかえる部屋とは、こういうものかもしれないなどと、思う。

他の局の部屋の前を通らないと、どこへもゆけない。源氏物語でも、桐壺《きりつぼ》が他の女性たちにいじめられて、主上《しゅじょう》のそばに召されゆくのに難儀する様子が描かれているが、平安の壺づくりが、そのままひきつがれた局なのか、こういう一つの通路でつながれている長い廊を行き来し、衣装の袖や裾を触れ合わさないではいられなかったのでは、なるほど、嫉妬も深まり、うらみつらみが重ならざるをえなかっただろう。もし、この中のひと部屋を与えられていたならば、と、いろいろ、好みの調度で飾ることや、衣装を着ることなどを想像してみるけれど、やっぱり、とてもやり切れない。キリキリ、刺し合う神経で女同士憎み合うのは、ごめんである。

この、女人の長館《ながたて》で、目についたのは簞笥《たんす》のひきだしに似たひき手。どの部屋にも、廊ぞいにも、城外側に面したところに、天井の方に上むいて、簞笥の引出しがひとつついているのだ。天井をむいているのは、なにか空間を生かせた細工なのだろうか、とくべつな品物を納める場所なのだろうか、と、そのひき手をとって、ひっぱってみたが、ビクとも動かない。

では、ただの飾りにすぎないのかと、歩いているうちに、そのひき手つきの引出しがすぽっとぬかれているところへ来た。分厚いそのひき手つきの蓋をぬいたあとに、そそりたつ城壁がみえていた。なんと、これは、武者おとし、別名、石おとし。いざ合戦となれば、この蓋をとって、この穴から城壁をよじのぼってくる敵の上に、石をおとす仕組になっているのだった。

■死の美学

戦いという、人間同士の殺戮《さつりく》のむごたらしさをさえ、美化するのが人間である。二重、三重に濠をめぐらすのも、敵をよせつけぬ計りごとからでているけれど、その水にうつる濠ばたの木、水にうつる石垣や天守の美しさ。敵を意識し、防禦と威嚇《いかく》にみちた、攻撃用意の鉄砲狭間《はざま》、矢狭間の目でさえ、美しい構図をもっている。

この、領内への権勢の表現でもある城のたたずまいの中にいると、いたるところに、この種の美しさがみられる。いいかえると、どんな美しい部分にも、人殺しの用意が、その残酷さがひそんでいるのだ。

石おとしで大勝を得た歴史は、楠木正成《くすのきまさしげ》の、赤坂、千早《ちはや》城のたたかいで記憶にのこっている。頭上から石が落ちてきては、この反りかえった城壁にとりついて、よじのぼるものには、どうにも避けられない。石もろともに、逆落ちするよりしかたがない。そこへ矢を射る。鉄砲をうちかける。

い、ろ、は、に、ほの各門は、小さくて、中には頭をかがめないと通れない門もある。大勢の人間が、一度に殺到するわけにはゆかない。建物群がみっしりと波のように打ち合う狭い通路は、そこを通るひとりひとりの行動を、たてからも横からもすっくり見通せる。どんな大軍も、天守閣に近づくには、手薄な列にならなくてはだめなのである。

敵をいざない、同時に敵を仕止める。

音楽的な美しさをもつこの螺旋《らせん》式縄張りには、音楽の魔術的陶酔がある。アンダンテからアレグレット、アレグロ。緩急《かんきゅう》自在の流れである。

三十八棟、二十一門。

大天守の、すぐ東下に、腹切丸というのがあった。ここは、修復以前は、荒廃し切っていて、まるで、血のりの飛び散ったあとのような汚れが、点々とついていたのだそうだ。ものすごく、陰惨な雰囲気が漂っていて、ここで切腹させられることになっていたとの伝説も、信じられるにふさわしかったとか。

いまも、本丸から井戸櫓の前を通って、帯郭櫓《たいかくやぐら》のある低地への門を一歩くぐると、なにか、他とはちがった沈んだ気配をうけとる。

うしろの壁には、やはり狭間がついているから、防禦の設備にはちがいないが、一段高い板の間に検視の武士がすわり、低い間で、切腹させられたというのも、ありそうな話である。

「こんなに城主の住いに近いところで、果して切腹させたものだろうか」といった疑問が、立札に書かれていたけれど、私たちの、いまの感覚とは、すこしちがうありかたではなかったかと思う。

切腹は〝賜わる〟恩恵であったのだし、敵ならばともかく、部下の将士にうらまれるとは、思いもしない自信に支えられた封建の城主の心ではなかったか。

切腹の作法などは、お茶の作法にも似て、ひとつの美学であった。切腹するからにはできるだけ立派に切腹して、主をも人をも感動させ、遺族の誇りとしないでは、武士の面目がたたなかった。いかなる筋ちがいを申し渡されても、そのうらみさえ、最期を美しくととのえねばならぬと思う配慮に、まぎらわされてしまったのではないか。

人を死なせることも、自分が死ぬことも、たしかに、いのちを失うという苦痛は大きいが、案外、気軽い簡単さで、決めてしまったような気もする。武士で、切腹を申し渡されたが、どこまでもいのちを尊重して、田野に逃げて逃げて、かくれ住んだエピソードを、いまだ知らない。そんな人がたとえいたとしても、それはおそらく他人には知られないことであったろうし、ほんとに微々たる数であったのだろう。

女の千姫《せんひめ》でさえ、男たちのいのちを消すことに、そんなに深い罪の意識を覚えなかったのであろう。吉田御殿の乱行は、おもしろおかしくつくられた週刊誌的よみものであろうけれど、そういう物語がつくられても異としないだけの時代風潮であったということはいえる。

たった七つの幼さで、秀頼と政略結婚させられ、大阪城の落城の際、坂崎出羽守《さかざきでわのかみ》に助けられ、やがて、本多忠刻《ほんだただとき》に再嫁する千姫。その千姫の持参した化粧料で建てたという「化粧櫓」が、西の丸のもっとも二の丸よりの位置にたっている。見はらしがよく、城内や天守もよく見えるところだ。ここに千姫が、その匂やかなからだをはこんでいたのかと、その忠刻との仲むつまじさを考える。

自分が選んで嫁いできた相手。そのうれしさの折々には、よくも大阪落城の火にまきこまれず助かったことよと、ため息をつくことがあったであろう。たとえ、なんといわれようと、思う相手とともに暮せるよろこびは、この世でいちばん、大切に扱うべきよろこびなのだ。だが千姫は、その愛しい忠刻とも、早く死に別れてしまう。

城《き》、という言葉に、思いだすのは、垂仁《すいにん》天皇の皇后狭穂姫《さおびめ》のことだ。妹を皇后にたてることのできた狭穂彦王《さおびこ》は、自分を天皇にしたいと願う。

「汝、兄《このかみ》と夫《せ》と孰《いづ》れか愛《うつく》しき」

皇后は、その兄にこんな質問をうけて、いささか面映ゆい。だがとても大切なときに、そして大切な問題に対して、はにかむのは、まったくおそろしい結果を生じる。

「輙《すなは》ち対へて曰く、兄愛《うつく》し」

狭穂彦王はよろこんで、天皇の頸を刺すようにといって匕首《あいくち》を渡す。天皇が皇后の膝を枕にして昼寝しているとき、皇后は、いま刺すべしと思い、だが、どうしても刺せなくて、苦しい涙をしたたらせてしまう。目のさめた天皇は、錦色の蛇が頸にまきつき、狭穂の方から雨の降ってきた夢をみたとおどろかれるので、皇后はすべてを打ち明ける。

狭穂彦王は逆臣として討手をさしむけられるが「忽ち稲を積みて城《き》に作る。其の堅きこと破る可《べ》からず。此を稲城《いなき》と謂ふ」

上代では稲を積んでさえ、堅固な城が作れたのだ。この素朴な稲の城とは、どういうものなのかと、最初、日本書紀や古事記で、この稲城の一節をよんだ少女のころから興味が深い。それまでになかったことは、ほんのちょっとしたことでも、人に新鮮なおどろきを与えるから、なれれば簡単に破ることのできる稲城が、はなはだ始末に悪い堅固な砦でありえたのかもしれない。

結局、狭穂姫、狭穂彦王は、炎上する稲城とともにほろび散る。夫よりも兄を好きだというなんておかしいじゃないのと、腹がたつけれど、からかわれたのかと思って兄の方をたてた女心も、わからないわけではない。比較にならないつまらない男ならばとにかく、兄狭穂彦王も、魅力ある男のひとりだったのかもしれない。

城は、もともと戦うためのもの。

それが後世に下るにつれて、領地号令の本拠となり、戦時の必要度と常時の装飾を兼ねた住いになってくる。この連立式天守閣の、外観の美しさによりも、内部の構成のよくできているのには感心する。ちょっとした無駄な部分も、すっかり活かせてある。ひろびろとしているところもあるが、やはり、警戒して通らねばならぬようにできている。

戦火をまぬがれた名城のおかげで、美の要素が、むざんの要素と密着している城のつくりを、しみじみ手に触れてみられるわけである。

■二度とふたたび

『週刊朝日』にのった谷川俊太郎氏の「兵士の告白」という詩があった。

殺スノナラ
名前ヲ知ッテカラ殺シタカッタ
殺スノナラ
一対一デ殺シタカッタ
殺スノナラ
機関銃ナンカデナク
素手デ殺シタカッタ
殺サレル者ヨリモ殺ス者ノ方ガ
何故コンナニ不幸ナノカ
ソノワケヲユックリト囁キナガラ
殺シタカッタ

殺スノナラアアセメテ
ナキナガラ殺シタカッタ

作者の心の涙を感じるいい詩だ。

切ないことである。戦争というものは。

この間、顔見世《かおみせ》をみた。熊谷《くまがい》陣屋の熊谷直実《なおざね》は、ナキナガラ殺した方であろう。世界の各地で、不幸な局地戦争が、えんえんとつづいている。もはや「やあやあ我こそは」と名のりあげて武勇を決するような、城時代の戦争はありえない。

剣かたばみの紋のはいった、おどしの鎧《よろい》が天守閣の中に飾ってあったが、ああいう武具さえ、できるだけ人目につく美々しいものを用意したのだ。いまは目にたてば、たちまち消される近代戦争。みんな、同じような服装をしているので、そして、一発の爆弾でも、さっと何十人かが肉片になってしまうので、ナキナガラどころではない。それを思うと苦しい。

この、美とむざんの同居する名城は、しかし「平和のシンボル」だということだ。それは、一九四五年六月二十二日と七月三日の二回にわたって、姫路が空襲をうけた。その際、旧市内の半分は炎上してしまったが、お城はいい爆撃目標だったであろうに、無事助かっている。

空襲をうけなかったので「平和の城」といわれるのには、どこかちょっと腑に落ちない点がある。でも、天を焦がして燃え上がる戦火のほてりや火の粉を、白漆喰総塗籠《しろしっくいそうぬりごめ》の外壁に映えさせて、美しくつっ立っていたであろう赤光《しゃくこう》の城を想像すると、それこそ血に染まった白鷺をみるようで、反戦版画にしたいような気もする。

鎖国を開き、外国と肩を並べたさに近代化の道を急速に歩んだわが国。第一次世界大戦や日清、日露の戦争への出兵に反対した心の底からの反戦論者を、人間性の尊厳を守る旗手として尊敬するより、非国民として弾圧してきた。弾圧される人を、人間全体のためにたたかっているという理解さえつかないで、民衆自身が嫌悪してきた傾向がみられる。

原爆によって戦争形態はすっかり変化しているはずだが、まだまだ戦争を利用しようとする動きも、戦争を避け難いとする心も、たくさん存在する。

「庶民の平和論」というラジオプログラムを録音構成するため、集められたインタビューのなかで、ある老婦人が「平和なんて、そんなこわいことを考えとうはない」と言っていた。

それはいまの平和を語って、印象的であった。

誰しも、自分の生活の安定をのぞんでいる。今日の通貨価値が、明日は下落するあわただしい不安。交通戦争の実態、労働の内容の非人間化。就職の不自由。すこやかで精神的にも落着いた生活がしたいのは、誰しものことだけれど、その個人の生活は、国の政策と世界の動向によって刻々変化してゆく。

よその国の局地戦争で「私とは関係ない」などと澄ましていても、現実に、日本の基地や沖縄から人員も兵器も送られている。戦争に協力し、そのために死んだ日本人もいる。現状維持を無難とする人は、戦争参加を許していることになる。平和であることを望んでいない人は世界中にいないはずだと思うのに、「平和なんてあなた、そんなこわいこと」と、平和への努力が忌避されてしまうのだ。

こわいのはあなた、こういう考えだ。

いくらナキナガラ、でも、これから人を殺すはめになることだけは、どうか許してもらいたい。

「そんなこと言うけど、たくさんのお友だちを見殺しにしたね」

という声がきこえる。この長局の石おとしから、実際に石がおとされたことはない。でももし、敵の襲撃を知ったなら、女も石をはこび、おとしたことだろう。自分のおとした石に当って、ころげ落ちる敵の姿に、いよいよ競いたって石をおとす。そのたかぶりはわかる……悲しいかな軍国主義に染まって育った女である……それはわが姿であるのだが、だからこそ、そのあさましい自分を二度とふたたび見たくはないのだ。

匹田《ひった》鹿《か》の子《こ》

■刻々の新鮮さ

いまでも、なつかしいのは、十二、三歳のころ、母にねだって買ってもらった、さんじゃく帯である。

さんじゃくを風にそよがせてたつ、たおやかな少女の絵にため息をついて、私も美しいさんじゃくがほしくなった。四ッ身から、本身《ほんみ》仕立てのきものに着かえて、美しいさんじゃく帯を大きく蝶結びにしたい、それが、いわゆる女児、から、少女になったあかしのように思えるのだ。

それまでは幼い子ども用の、幅も丈も短いモスリンのしごきである。それにくらべると与えられた、淡い薔薇《ばら》色地に蔦《つた》の葉がしぼられている二幅《ふたはば》の絹のさんじゃくは、こわいようにはなやかであった。

学校から帰って洋服をぬぎ、深い肩あげ、腰あげをしたきものを、つけひもでからだに巻きつける。その上に、ふうわり浮きあがるしぼりのさんじゃくを結ぶと、ひとりでにうれしさがこみあげてきて、ときどき、帯にさわってみた。羽二重《はぶたえ》と富士絹《ふじぎぬ》の中間のような、しっとりとした感触の生地であった。

しぼりの美しさをはじめて意識にとめ、自分から求めて得たのは、それが最初だったと思う。同じ柄でも、しぼったものはなんとなくやさしくて、目で眺めているよりは、なでて心が和らぐのだ。

その、少女用のさんじゃくには、まことにあえかな美しさを添えるしぼりなのに、兄たち、紺絣の男の子のさんじゃくとしては、黒モスリンがいちばん凛々しく似合っていた。

「しぼりというものは、女性のためにあるものかしら。このやさしさは、女性の衣裳にのみふさわしいものかもしれない」などと考えていた。

けれど、父の長襦袢《じゅばん》には、しぼり柄が多かった。母は「お父さんのきものを凝《こ》ってつくってあげると、すぐ色町へみせにゆきはる……」といって不足そうだった。そのくせ、自分の配慮に、ちょっとご機嫌のようでもあった。

父のきものは、好みとしてはほとんど好きなものばかりであったが、父がそれを着ることはあまり好きではなかった。むしろ、女物に仕立てて、色の白い老女に着せると、品のいい色気がにじみでるのではないかと思われた。父は太いしぼりのさんじゃくは、しめたことがなかった。

しぼりは、日本独特の、見事な染め技術だといわれる。正倉院の御物《ぎょぶつ》のなかにも、しぼりがみられる。上代の布地をみていておどろくのは、纐纈《こうけち》、臈纈《ろうけち》、夾纈《きょうけち》などの染め衣裳に、じつにモダンな、しゃれたものがあるということだ。纈《ゆはた》はしぼり。

数年前のこと、嵯峨の野の宮を歩いていて、あの黒木の鳥居のそばで、すばらしい毛虫をみつけたことがあった。全身がまっ黒で、両先端が、鮮やかな朱いろ。ピカピカ輝くような毛虫に声をのんで「なんてモダンな毛虫かしら、まったく近代感覚そのものね」などとたいそう感心して、感心してから、はっと思った。

毛虫は、その存在のはじめから、このようにシャープな感覚の色や形で、存在してきたのにちがいない。人間は、いつも「新鮮でありたい、現代的でありたい」と願っているが、毛虫は一度だって「近代感覚でいたい」などと、思ったことはないだろう。だのに、ただ無自覚にうごめいているだけの毛虫が、こんなにも新鮮なのだ。

「古い時代の作品でも、ずいぶん近代的な印象をうけるはずだわ、自然というものは、どんな時代にでも、こんなにもしゃれた美しさをみせてくれているのだもの。自然に養われた人間の感覚が、いつも新鮮であるはずだわ」

そのあたりまえのことが、古い野の宮という場所でなければ、わからなかったのだ。あるいは、うちの庭ででも、同じモダンな毛虫に出あっているかもわからないのに。

それからは、いかに古代や上代の、内外芸術作品が近代的であろうと、驚くことはなくなった。それは、天然自然の備えている永遠の近代性、刻々の新鮮さをわきまえれば、当然の産物だといえた。表現技術はたとえつたなかろうと、支えている感覚はかえってみずみずしいのだ。

■時代ときもの

いつか、白無地を織ろうとして置いてあった糸のかせに、あやまって点々としみを落し、もったいないからと織ったのが、美しい絣になったのだと、きいた覚えがある。しぼりもいずれ、ふとした拍子にその美しい染めあがりを発見され、くふうにくふうを重ねてつづいてきたものであろう。

横引《よこびき》しぼり、傘巻《かさまき》しぼり、一目《いちもく》しぼり、縫〆《ぬいじめ》しぼり、養老《ようろう》しぼり、雲しぼり、立巻《たてまき》しぼり、折縫《おりぬい》しぼり、三浦しぼり……そして本匹田《ひった》しぼり。

なんといっても、しぼりの中でいちばんぴりっと立体的なのは、匹田しぼりだ。他のは、針や、しぼり器を使う。本匹田だけは、指先でつまんでしぼってゆく。しぼりの中で、とくに高価なのは、昔も今も、同じ鹿の子《かこ》の手間がかかるからであろう。

この匹田鹿の子の総しぼりのきものが、いちばんもてはやされたのは、徳川四代、五代、延宝《えんぽう》、天和《てんな》、貞享《じょうきょう》、元禄《げんろく》といった時代らしい。

井原西鶴の浮世草子にうつしだされるなまめかしい風俗生態には、よく鹿の子しぼりがでてくる。このころになると奢侈《しゃし》が町家、農家にも行きわたって、衣類道具に善美をつくし、おのおの、その分限よりも奢った暮しをしている。それまでは貴族しか手に入れられなかった華美の総鹿の子衣裳などが、急激に富める一般人にも流行したのだ。

『好色一代女』に、大名の女さがしに目見得にゆくための借着の話がある。白小袖、黒綸《りん》子《ず》、上着に総鹿の子、帯は唐織の大幅に緋縮緬《ひぢりめん》の二布《ふたの》もの、御所被《かつ》ぎに乗物布団まで揃えて一日が、銀二十目。妾奉公叶わぬときは、入費は全部損になるわけ。

どんな色の、どんな鹿の子かしらないけれど、こうしたときの総鹿の子なんて、なんだか白い部分のうすよごれているようなわびしさを連想する。そういうみじめな鹿の子さえ描かれているのだ。

新元禄時代ともいうべきであろうか、敗戦後はきものが短い元禄袖になり、帯も細く、色も柄もうんとはでになった。戦争時代「ぜいたくは敵だ！」と袖切りを奨励された名残りがあるが、それでなくとも、戦後、きものは洋服と合一した。ベルトのように細い帯をしめて男のように歩くのも、短い袖がふつうになったのも、戦後の官能的解放感と、活動的な時代の要求からきたものだといえよう。

昔の女らしさへの郷愁からではなく、私の場合は自分のからだにとって、きものがいちばん着なれた便利なきるものである。皮膚呼吸をゆたかにできるきものの仕立て、しとしとした感触、裾あたたかでさわやかで、いくつになっても活用できる経済的な価値も大きい。ドライなまでの精神で動くにしても、感覚を殺してはあぶない。

そう思って便利に着ているのを、まことに古臭い観念や連想できめつけられるのはつらい。着なれると、とても心を自由にするもの、そして、つい三、四十年前までは労働着でもあったきものなのだ。

けれど、きものを愛し、きもので生活している私でも、いや、愛しているからこそ、であろうか、ここ数年のきもの復活風潮をみていると、心が重い。それはきものが、自由な心で着られている場合があまりに少ないからだ。

お正月の振袖のはんらん、仕事はじめの晴れ着出勤、成人の日の、あまりにもナンセンスな晴れ着競争、卒業期の娘をもつ親たちのなやみ……。たしかに、日本女性にのみ美しく似合い、着こなしうる国際的民族衣裳である。着たいと思うひとなら、誰だって着ることができる。

ただ、着たくても着られない環境の人が多いのを、わきまえていなくてはなるまい。自分がきものを着るとき、着られない人への心づかいをもちたいのである。

その、肝心の〝着る心〟ができていないので、はなやかにショー化される世間の風潮にあやつられてきものを着たとき、たちまち、きものに着られてしまう。美しいきものだけを見て、きものの陰にひそんでいるもろもろの妖怪に気がつかない。それは、洋装にだってひそんでいる妖怪なのだけれど、洋装のぜいたくをぜいたくと思わず、粗末なものでも、きものだとぜいたくなものとする方程式しか、いまは通用しないのだ。きものの麻酔はよく利くのである。

年々、華麗なきもの、豪奢なきものの需要が多くなる一方だという。しぼりはあくまでもおしゃれ着で、格式ばった席にはでられない約束なのだけれども、高級品のもてはやされるいま、一枚、百数十万もの品が売れるというから、おそろしい。しぼりの上に、さらに金銀の縫い刺繍《ししゅう》や、箔をおいて、いやが上にもきらびやかにするのだ。一尺四、五万もする勘定になるわけで、なんだか、身の毛のよだつ思いがする。たしかに民族的伝統工芸の作品ではあろうけれど、そこまでぜいたくなのを喜んでいいのかどうか……。

■手しぼりに魅せられ

雪しぐれのふるなかを、亀岡街道沓掛《くつかけ》の里をたずねてみた。

「帰りのくるまがひろえるかしら」ときくと「とてもとても、工場のあるわけでもなし、住宅街でもなし、バスも少ないから、ほとんど何も通りませんよ」といわれて、待っていてもらうような……じつに何もない、おだやかな冬里である。

京都府から、伝統工芸功労者として表彰されている田原スガさんは、筋むかいのお宅の二階で、しぼり加工の最中だった。

ご近所の奥さま二人と、三人の女性が、日のよく当る部屋の小さなこたつにはいって、いっしょにしぼりの仕事をしていらっしゃるのだ。

そのおこたに膝を入れさせてもらって、なんだかたのしくなってしまう。私もなにか編物でも持ってくればよかった。近ければ、しぼり染めを教えてもらって、お仲間入りしてしぼっていたい。そんな、のびやかな雰囲気である。

田原さんはもう七十歳をでられたか、心身ともに健康そうな、柔和なおばあちゃまだ。農家仕事も達者に働き、未だに稲刈りもするとのこと。そしてその合間合間に、最高級の匹田鹿の子を、その指先でしぼってゆくのだ。

すこしの休みもなく、その手はよく動く。白い綸子の、青花の型をつまみあげては、糸を七、八回巻きつける。〝生《き》なりの糸〟つまり、まゆからとったままの、縒《よ》ってない細い糸を十八本集めた糸で、きめをキュッとしめ、右手中指にはめた紙の指ぬきでパンパンはじいている。この糸でないと、すぐゆるんで、しぼりにならないそうである。

なにしろ、細かな目である。よほど、きっしりと順を追わなくてはならない。ちょっと次の目との境界をこえると、すぐ、ひと目とんだり、筋がみだれたりしてしまう。みているだけで、目がまわってくるような感じだが、田原さんの指先は、的確に次つぎと粒をつくってゆく。

他の女性も五、六十歳の年輩の方だけにお上手だが、田原さんのしぼった布は、まるでうまくたき上がったごはん粒のように、清らかにそろっている。ぴちぴち生きている。なるほど、このしぼり方ならば、すばらしい匹田になるだろう。染めて、ふかして、のばしても、なおてのひらを突くような、激しい起伏の鹿の子だろう。

しぼりの価値は、その目の正しさと、隆起の強さだろう。小さな目ながらきっちりと角に決まり、つんつん天をつきあげる勢いの匹田が並ぶと、その全体の、こぼっとした陰影は、しぼの高いうずら縮緬《ちりめん》とはまたちがった見事な人工美である。

「もう五十年もしていらっしゃったのですから、なんともないのでしょうが、ずいぶん、力がいるのでしょうね」

「さあね。肩なんかは凝らないのですが……やはり、腕のどこかに力ははいっているのどすやろな。袖口はよう切れます」

田原さんは、お母さんから教わって、二十くらいの時から本格的にしぼり加工をはじめた。そのころは、髷《まげ》のてがらや、衿、帯揚げなどのしぼりが仕事だった。そういえば、てがらや、衿や、帯揚げは、しぼり必須の小物であった。

もちろん、奢侈品禁止の戦時戦後は、しぼりどころではなかった。禁止令がでたとたん、それまでしぼっていた反物を、しぼりかけたまましまいこんで、農作業、増産増産で田畑に精だしたという。

「ちょっと、お手をみせて下さいな」

固く、たこのできた双の手をつかまえる。右も左も、さまざまの荒仕事、そしてこのしなやかな布しぼりを重ねてきた手。どうしても、はった絹糸のために薬指や小指が切れるそうだ。

二十八歳でご主人と死に別れ、まだ小さかった二人の子どもさんを、女手ひとつで立派に育てあげた田原さんは、鹿の子しぼりの技術を知っていたため、悠々と努力することができたのであろう。このあたりの農家の女性は、ほとんど田原さんをお師匠さんにして、みんな鹿の子しぼりをしている。恵まれた里だ。

「生活に困ってするというのではありませんが、遊んでいてももったいないし、こういう仕事をもっていると、張り合いがあって」

と、いわれる。貧しさからの必死の内職でないので、こんなに明るいのであろう。実際、いくつになっても、自分の仕事をもっていることは、自信にみちた暮しをして、人生をたのしめることだ。それに、仕事があると、苦しみを耐えることが容易である。苦しみは貧しさだけではない。

しぼりの里に住む女性たちの上にも、夫のこと、恋人のこと、子どものこと、親のこと、さまざまの苦悩がおそいかかっていることだろう。

わたしの母は、父の女性関係への気の狂うような嫉妬をも、ひたすら、縫物をすることでまぎらせることができたと、よく話していた。

ひとつぶひとつぶ、つまみあげてはパンパン、小さな鼓《つづみ》のような音をたてて結んでゆくしぼり作業。一日で、田原さんほどの熟練の手でさえ十センチあまりの進みようらしいその丹念な仕事をしながら、涙を耐え、辛さをしのんで頑張った人も、たくさんあることだろう。

「べつに自分が着てみたいとは思いません。テレビや週刊誌で、立派な人びとやきれいな女優さんたちが、ええ鹿の子のきもの着たはるのをみるだけで、よろしおす。どなたぞが美しゅうならはったらええ、きれいやな……いうてたのしんでみせてもろうたら、それでよろしおす」

一方では中小企業の倒産のつづいた昨年の秋ごろから、いよいよ高級な注文がふえてきたそうで、ここにも模様のない総匹田の振袖がきていた。紋付で、袖丈も身丈も幅も、特別長く、広くつくられている、しぼり用の綸子《りんず》生地である。今すぐしぼりはじめても、半年ぐらいはかかるだろう。

この手しぼりの技術、その作品の見事さは、たしかに日本の美の一つであろうが、やはり他の多くの、美しいきものと同じように、労働する人びとのための美とはいいがたい。

こうしたすばらしい晴れ着が、世界連邦の場の国際的民俗衣裳として、民衆代表に着られるのはいつの日か。そんな夢を抱きながらも、個人的満足に堕した私のしぼりへの愛着から、数年前に月賦で求めたしぼりのきものがある。ところが、その素朴なしぼりにくらべると、娘のころ母の買ってくれた総しぼりの方が、ずっとよきしぼりである。いまは紫の色もひどくあせて、明るいところでは着られなくなっているのだが、比較にならないしぼりのうまさがよくわかるのだ。

八百屋お七は、恋しい吉三郎を、夜の寺座敷にさがすうち、目をさまして教えてくれた乳母《うば》に、自分のしめていた紫鹿の子の帯をといて与える。おそまきながらその艶《えん》を追って、この古い紫の羽織もいっそ、紫鹿の子の帯にしてみようかしら。名古屋帯にだと味がないから、貝の口にでもひきむすぶことにして。

あの蔦の葉しぼりのさんじゃくは、あれからまもなく掛けぶとんにした。病臥時代、それでほんとにたのしめたものだ。しぼりはなつかしいやさしさにみちているが、染めかえは全然だめ。激しい立体のものほど激しく磨滅してしまう。へんに細工しないで、そのままほろび切らせるのが、愛し切ることになるのだ。

雛まつり

■屋台車に心みだれ

三月三日。夜の雪しぐれのなかを、家の近くにまで戻ってくると、ラーメンやさんの笛の音がきこえてきました。

引き柄にポリエチレンのバケツが大小二個かかっていて、あったかな湯気の匂いがします。お湯や、おだしは、ふつふつ煮えているようです。でも、このような住宅街で、ラーメンの屋台車が商売になるのかしらと心配です。折からの雪しぐれ……冷えのつよい今宵、けんめいの笛の音にもかかわらず、全然あたりに人の気配はありません。

「お家には奥さんとお子さんが待っていらっしゃるのかな」

と、咽喉《のど》をみせて笛をふく、中年の人のそばを通りすぎながら思いました。これまで、屋台のそばを通ってもほとんど連想しなかった、その配偶のお人を思ったのは、雛《ひな》まつりの夜だったからでしょうか。あるいは、笛の音をきいただけで、車のあとさきを守るご夫婦の姿を、勝手に想像していたからでしょうか。思いがけない屋台車に、なにか私は、疲れ切って感じやすくなっている心をいっそう、かきみだされたようでした。

「なんにも、ぜいたくなことは望みません。たとえ、屋台の車でも、ふたりが仲よく心を合わせて暮しをたててゆけるのだったら、どんなにしあわせなことか」

結構な奥さん、経済的にはみち足りた豊かな奥さんたちの言葉として、屋台の夫婦像をうらやむ声は、再三ならずきいています。なにも、屋台をひいているご夫婦が、かならずしも、しあわせだとは限らないものですのに。

「こんなに動きまわらないで、せめて小さな店でももてたら」

と、寒風、荒天にさらされる仕事の苦しさをなげいていらっしゃるでしょうし、生活することにせいいっぱいで、その愛をよろこび合える余裕なんて、かえってみあたらないかもしれません。疲れや、貧しさからくる不満で、傷つけ合っている人たちだって、たくさんあるでしょう。

でも、はた目には、ふたりが心を合わせて生活する様子には、美しい愛の、在るべき姿のひとつを、形にしてみせられたような感動を与えられるのです。妻の心に、在りように、あるいは夫の心や、在りように、理解しがたい、共感しがたい、ついてゆけないものを感じて苦しんでいる人びとは、ふいに涙のこぼれるような深い寂寥におちいり、骨身惜しまず、ともに働く夫婦像に対して羨望を感じることがあります。

その、心の凍るような孤独感を、かつて私も味わいました。

■人形は情愛深く

このごろは、二月にはいると大寒のうちにもう、人形店や人形売場は、どっと雛人形が並びます。昔から、そういうことだったのでしょうか、自然の桃の開花を待って、旧暦三月三日に雛まつりをする方が素直なことに思われるのですが。

うちでは、三月が私の誕生月でもあるために、毎年、三月二日につづらの蓋《ふた》を払って雛人形をとりだす習慣でした。新暦の宵雛《よいびな》の日に飾って、旧の三月三日をすませた翌日にしまう、一カ月は緋毛氈《ひもうせん》の一角が、私の心を占領していたものです。

ひとつひとつ、雛人形をくるんだ和紙をとりのぞいては、やわらかな羽根ぼうきで清めてゆく、胸ふくらむなつかしさ。つづらの中に、しんと納まっているしずかな匂いが、人形の吐息や体臭や、その話し声までを含んでいるように思われました。

雪洞《ぼんぼり》に灯をいれて、うすい桜の花もようの絹ばりの中で焔《ほのお》がゆらゆら揺れるのを、眺めるのが大好きでした。灯の焔が揺れると、金蒔絵《まきえ》の道具類が、微妙に照りかげりし、こちらの魂まで揺れているような気になるのです。

しかし、その、幼なごころに親しみなじんだ古い雛段の一式は、一九四五年の第一回大阪空襲に、もちろん、家もろとも、街もろとも、炎上してしまいました。紫綸子《りんず》に鳳凰《ほうおう》を刺繡《ししゅう》した幔幕《まんまく》や、おままごと道具のいっさいをもいれてしまったまま。ほんとうならば、三月十三日の炎上ですから、ちゃんと飾っているはずなのに、その年は母の病気の転地についていていて、家にいなかったのです。焼ける運命の家に、花を飾ってたむけとしたお友だちのように、雛段に飾ってあげたかった人形たちとの、思いがけない別れでした。

お雛さまを、女のおまつりとしたのは、人形を女ごころと結びつけたからなのでしょうか。女にとって、人形あそびは、自分の女性と、自分の母性と、あそぶことといえるのでしょうか。

そういえば、あり合わせの座ぶとんをくるくるまるめただけで、もう、なまなましいいのちがうまれ、それは、身にかかえていつくしみたい愛しい存在になるのが幼い真実です。綿のはみでた、汚い一枚のお座ぶとんの、なんというふしぎな力でしょう。「おお、よしよし」と抱きあげれば、たしかに顔も、まるい手足も、せきあげる泣声までも、見えます、きこえます。ほんとうの赤ちゃんを、とても抱けない幼な子の腕の力にも、この座ぶとん人形は、安心してひしと抱きつづけることのできる、可愛いものなのです。

たいそうあらっぽくて、施設でももてあまし者だった少女に、小さなボロ切れ人形が与えられてから、その少女は、情愛深く、やさしい存在になったということをききました。子どもを産むべくつくられているその生理的な愛情を、人形がさそいだし、子ゆえに立派になる母としての尊さを、備えさせるのでしょう。こんな年齢になったいまの私だって、やはり人形を抱くと、胸乳のせつなくなるのをおぼえるのですから。

ミルクを飲み、ママーと泣き、たがいちがいに足をだして歩きさえする巧緻《こうち》な人形ができていますね。「こんにちは赤ちゃん」のメロディにのって、眠った人形がゆりかごの中で首を動かせるオルゴール人形をもらったときなど、そのいじらしさに、ぞっとしました。私には、ひとくちに、「よくできていることね」といい切れないほどの、実感が、苦しかったのです。

ただ、人の形をしている、というだけで、小さく、乱雑に切った祈祷用の白い紙人形でさえ、私はまるめて棄ててしまえないのです。信仰もないのに、名を書き入れて祈ることなどできないのですが、他のほこりと同じくずかごにも棄てられない特殊な感情です。

よくよく、自分が、自分の希望したわけではないのに、人の形にうまれついたふしぎさを、ふしぎと思いつづけているのでしょう。人間ごとにとらわれ、つきあたり、つくづく、人の形のもつかなしさを、思い極めているからでしょう。もうもう、人間なんて、人間ごとなんて……と、うんざりしているのに、なお人の形をしているものが、どうにも棄て切れません。

生きていたいのに、貴人や夫の死とともに、生きながら埋葬されなくてはならなかった殉死《じゅんし》の悪風から、貴重ないのちを救った埴輪《はにわ》の意味を考えます。病難災厄を託したひな型の意味もあります。私は思います。私の愛した人形たちはまさしく、「わが死すべかりし罪」のかずかずを、かわりに死んでくれた人形たちではなかったかと。

われとわが業《ごう》の、目もくらむ深い淵をのぞきこむとき、それは、身にしみるなつかしさなのです。手をもぎ、足を折り、眉目《びもく》を汚し、髪をみだした破損の姿。機械がだめになって、ものを言えなくなったり、首がぬけてつなげなかったり。

思い出の雛は都心の虚空に燃《も》え散じ、昨年いただいた流し雛は、比叡の横川《よかわ》の水面に流れ、わが身がわりの人形たちは、阿鼻叫喚のるつぼに溶け入って、私のいまを、在らしめているのです。こちらは人形に冷淡でも、人形は私を大切に守ってくれたのです。

■一対のしあわせ

久しぶりに、現代人形美術展（第十七回）を観にゆきました。どの人形も、その作者の〃こうありたい〃心がこもっています。

辻村ジュサブロー作の「ヒロシマよりこころこめて」は、原爆への怒りにみちた唯一の提案をもつ人形。技巧の上手下手をこえて、胸にじかに話しかけてきます。部分的熟練の手によって美しく仕上がった量産人形とはちがう味が、そこにあるといえましょう。まるで折紙の姉《あね》さま人形のような「簪《かんざし》」は、白銀のからだの裾を横にひいて、大きな簪を首のようにかざしていました。小腰をかがめてのぞきこむと、その銀いろの簪の下に、あえかな影のような、小さな首がついていました。清潔な叙情。そして、堂々とした〃ねだりっ子〃のあたたかさ。

その他それぞれ、思いのままの材料や表現を使った人形展の会場を歩いていて、ふとお雛さまのないのに気がつきました。

いまさら、人形展に雛人形なんて……古臭いセンスなのかもしれません。もう、どう表現しなおしても、古くからの雛を超越するわけにはゆかない点もありましょう。百貨店の雛人形売場に、ずらずら勢揃いのはなやぎは、歳時記的点景としての美しさで、ひとつひとつの雛の面には、じっと対面するのは困るような、お粗末なものもまざっています。

私は、毎年新しくつくりだされる雛人形の面《おもて》が、目に立たぬほどにも変化するのを「時代の表情」だと思うのです。おもしろいもので、昔ならばめちゃめちゃで、とても許されなかったような目鼻立ちが、新鮮で、美しく思えます。でも大らかな面は、とてもすくなくなってゆくようなので、新しい感覚による雛の一対がみたかったのでした。

私は、日本の雛人形が、いつごろ、七段の緋毛氈雛段の演出をとるようになったのか、よく知りません。それが、どういう目的であるのかも。紫宸殿《ししんでん》形式であるところからみて、朝廷風俗で、紫宸殿が、南面しているので、東に天子、西に皇后という配置による、その、左右が決まっているといわれます。

でも、雛人形をあれこれ思いめぐらしてみますと、やはり、そのいちばんのすばらしさは、男女一対の姿であることです。私にとって、ずいぶん美しい幻想を育てられたはずの金蒔絵の道具類も、官女や五人囃子《はやし》、随身などの仕え人形たちも、記憶としてはそんなにはっきりのこっていません。

それよりも、消えてからいっそうよく面影のたつのは、古びた、典雅な男雛の面です。冠などして、美々しく装っている女雛の方にはないきれいさが、男雛に備わっていました。いつごろの作品だったのか、このごろの作でもだいたい、女雛の面よりは、男雛の方をすこし大きく、気高くつくってあるように思われます。

もう、七、八年もの昔、二条城のある催しで、霊鑑寺《れいかんじ》蔵の、等身大の雛人形をみたことがありました。ひと目みるなり、ひざをついて、そのうるわしい面に感心して見入ってしまいました。陶器面だとかききましたが、うるわしいとより言いようのないような、いい面でした。そしてそれも、男雛の方を、より美しく思いました。面は、衣装の地味さに、いっそうひきたつのでしょうか、あるいは、男女一対というものは、どうしても、男雛の方によりスケールの大きな力を与えないと、似合わないものなのでしょうか。細い目がキリッとつりあがって、清艶身に迫ります。女雛のややなごめいた艶《えん》とは、気魄において比較にならないのです。この、一対としての調和のなかの、男雛女雛の美しさのちがいが、とても興味深うございました。

いまの目で、も一度みせてもらえれば、また、ちがった印象がひきだされるのではないかと、霊鑑寺へ問い合わせましたが「いまはお蔵にはいっておいでになりますので」だめ。お雛まつりはなさらないようでした。

こんな、大きい雛人形ですから、他の諸式はつくられていないでしょう。それでいいのです。私には、過去の雛まつりのありかたよりも、現在から、未来にかけての雛まつりを、どう意義づけてゆくかが、大切なのです。なんといっても、一対という成人型の人形を、一種の儀式じみた日をもうけてまで、まつるというのは、わが国独特のことなのでしょうから。

ですから、余分のものはすっかり整理してしまいたい。そして、男子女子たがいに調和し、大切にし合って進む「人間としての愛の姿」を祝福することにしたいのです。

人間が、男性と女性とに形をわけて存在させられている以上、たがいに、好もしい異性にめぐり合い愛し合う幸福を得たいのは、当然のことでしょう。だのにお雛さまを、階級的に飾りつけ、現実に一対の愛を尊敬しなかった過去のありようが、私たちを痛め、傷つけたのでした。

それは、もっとも具体的な、人間としてのよろこびであり、また、もっとも精神的な、人間としてのよろこびでもあるといえます。

「女のしあわせ」について、ある若い女性たちの発言をきいたとき、「こちらはできるだけ何もしないで、向うから愛されるのをしあわせ」とする安易な幸福観の多いことにおどろいたのですが、この、一対の生活の方法でなく、人間内容を主とする愛には、しあわせに似た怠惰はとてもゆるされないのです。

■わが、孤の姿

男性も、女性も、一対の姿を便利な、安心なものというふうに、とらえていらっしゃらないでしょうか。よほど、よき相手とうまく出発できた場合でも、恋はやがて惰性となり、結婚はやがて束縛となりやすいのです。まして恋愛を恋し、結婚と結婚していることが多いのですもの、惰性と束縛が安心感につながる人でなければ、苦しみのはじまるのが当然でしょう。

「淡々と、自分のしたい仕事をしていて、ふと隣りをみたら彼がいた」

というふうになりたいといって、すぐれたご主人の人間的成長についてゆけないもどかしさを訴える美しい奥さまがありましたが、もう、その自覚からのたいへんな努力で、立派に、地味なご主人の、けれど激しくきびしい仕事をしっかり支えていらっしゃるのです。

また、反対に、その美しさをご主人ひとりに鑑賞されるのが残念で、まじめなご主人の立派さがわからず、つまらない男性に動いた美しい奥さまもありました。

どちらも、女性からみてほんとに美しく、可愛らしく魅力的な女性なのですが、前の方はご主人の立派さを認識し、それに近づこうと努力なさったのが、まことにけなげなうれしさでした。後の方は、せっかくの美しさが、あだになって、ご主人の立派さに近づく努力より、ちやほや甘やかされたい一方の気性になられていたのでした。

どちらの旦那さまも、私自身、自分の女であることが恥ずかしくなるくらい、やさしく気のつく方でした。このごろ、とくによく思い当るのは、立派な、社会的に意義のあるいい仕事をなさる男性は、男らしいさわやかさと同時に、女よりもずっときめこまやかな情感の持主で、よく行き届くことです。

粗野は男らしさではなく、人間的未熟、偏向でした。純粋性の濃い、やさしくてたまらない敏感な魂は、それゆえに人間を大切にするための仕事に対して惜しみなく熱中し、勇気にあふれています。じつに行動的です。

そして人間としての美しさは、この男性たちを、すごく清浄にさせています。こんな男性ばかりだと……正直いって女性たちはとてもしんどいでしょう。やさしくてしかたのない魂ゆえに強い行動で活動できる男性は、ふつうの男性の求めるような浅薄な女らしさなんて、ちっともよろこばないのですから。

こういう、男らしさと女らしさ、よき人間としての部分をみんな備えている大きな人格は、女性に対してなんと強烈な反省を強いるものなのでしょう。すこしは心やさしいつもりだった私など、そういう人びとの前にでると、自分の魂や考え方の荒廃がひどく目につきます。こんな私だったのかと、情けなくて、感覚の上にも思考の上にも、行動の上にも、もっともっと、豊かなものを持ちたいと望まないではいられません。どこまでという、際限がない、どこまでいっても、向うはどんどんいそぎ歩かれるので、みるみる距離は遠ざかるばかり、ついに追っつきようがないのです。

いい加減なごまかしの通用しない男性たち、人間として向上し、充実するよりほかに、よろこばせようのない男性たち、その信頼を得たかったら、もう、なりふりかまわず努力するよりしかたがないのですが、そういう大きな人格の男性ほど、洗練された感覚なので、なりふりかまわぬ無神経さではいけないのですから……女性はまったく困るのです。奥さまたちの深い疲労がよくわかります。

でも、女性も結局、女らしさも男らしさもともに大きく備えた人格になって、人間としてのつき合いをはじめなければ、よき男性たちとの、仲間づき合いはできにくいということなのでしょう。

男性と、女性とが仲よく肩を並べている一対の愛の姿、その甘くみえる一対の調和は、なんというものすごい努力の裏打ちを必要とすることでしょう。宝鏡寺でも、松坂屋でも、人形展に見入る人びとの半数以上が、男性でした。

「お雛さまなんて、男の子のみるものとはちがいます」

と、雛段の前から男の子たちの追いたてられた時代は、人間の不幸が平気な陰鬱で汚い時代でした。

女性よりも敏感な、男性の感受性が、美しき、いとしきものをあこがれ、慕うのは、当然のことなのです。その心を大切にしなくては。

「不景気なのですけれど、その割にはいい品がよくでるんですよ」

京人形の老舗の飾窓に、清楚な気持のいい立雛が一対、ひっそりとよりそっていました。男雛は純白のちりめんにしぶい織の帯。女雛は緋《ひ》ぢりめん衣裳。この家の人びとの協力による創作なのでしょうか、純白と緋の平凡なとり合わせが、新鮮でとてもすっきりしています。ふつう、男雛に袖があり、女雛に袖のない形なので、この、どちらも細い棒立雛《ぼうたてびな》が、仲よくよりそっている様子に、きびしい愛を連想したのです。

どんなに愛らしく、よくできている人形でも、ひとつの人形にはこの、一対としてのやさしさはありえません。自由だからこそ、つねに新しい感動でよりそわずにはいられないといった必然性のある結びつきが、どの人の上にも祈られるのです。

そして、その祈りの深まれば深まるほどに、わが、孤《ひとり》の姿が浮きたちます。

墨のいろ

■墨と遊ぶ

いつまでも、寒い春である。

奈良は、思いがけなく深い雪で、公園の立派な松の木の枝が、ぱっくり折れ下がっていた。もう春の彼岸よと、ほころんだ木々のきめのゆるみが、意外な、雪の重みを耐えかねたのらしい。

雪と墨と……よく、両極端のことのたとえにされる言葉を思いだす。その、墨づくりをたずねる日の大雪……。なにか、原始的なうれしさがこみあげてきて、雪道をつんつん歩く。雪の白清浄、墨の黒清浄、雪の瞬間性、墨の永遠性。

ほとほとほとと、しずかに心をたたくような小さな雪どけの音にかこまれた座敷のなかで、ひとすくいの雪を硯《すずり》に溶かし、墨を磨《す》って手習いなどしていた娘のころ、私はなにを紙に書きのこしたいと思っていたのであろう。なんにも「これだけはどうしても」などと思って筆をとっていたのではなかった。まさしく、紙や筆や、墨や硯と、遊んでいたのだった。べつだん用もない人にあてて、巻紙でそのとき書き流した便りを送って、なんともひまな、情趣遊びをしていたのであった。

文章の書けないときは、い、ろ、は、に……と仮名を模様のように書きちらしたり、円や、一を、飽きもせで書いていた。ともかく、やわらかく筆のうごくように、墨はうすく、その墨つきの濃淡が、絵のように美しく思われた。墨がうすくかすれるにつれて、思いもかすれ、どっぷり濃い墨つきになると、そこに思いがたまるようであった。冷たい水で硯を洗っていると、硯の全身が激しくのびちぢみして、その天性の石の質を、いよいようるわしく洗練させるように思えた。硯の面を傷つけるような、荒い墨の磨りようを、私はおそれた。

あまり物惜しみはしない私だけれど、筆や墨や硯は、好みに合った自分の品を守っていた。お友だちが使う分は、どうなっても仕方がないという、覚悟の決まった品々だった。

いつともなしに、お友だちの誰彼が私の部屋にはいってきて、黙ってすわって同じように、い、ろ、は、に、などと書き散らしては去っていった。当時、女学生で煙草を吸い、男子学生たちとビールをのんでさわぐような人びとを、教護連盟は不良学生としていたけれど、そんなお友だちでも、その異性との遊びに疲れると、黙って半日も一日も、散らし書きしにくるのだった。

墨を磨るしずけさ。紙に筆を走らせるしずけさ。彼女はそのしずけさに退屈すると、また男友だちとの享楽の場にゆき、やがて帰ってきていた。だんだんと私のそばにいる時間がふえ、そしてさらにおとなの愛を知って、思うお人に嫁いでいった。

好もしい、と印象づけられる異性にであっても、走りよってその心をうったえることのできない私、その人のあとをはた目かまわず追うことのできない私、それは、愛されることに慣れて、愛することを知らぬ、感情と身体の分離しきった非人間的な私であった。若さのなかに老いた傲慢がひそんでいた。その傲慢の文字であり、その怯懦《きょうだ》の手習いであった。

あのいやらしかった自分を思うと、あわれでもあり、腹立たしくもある。そのころなにげなく書いていたものを「まだ持っているわ」と古いお友だちに言われると、ぞっとしてしまう。のこしておきたくない、見たくもないものなのだ。

■墨なればこそ

しかし……墨とは、すごい力をもつものだ。

なにしろ、消えない。

日本には、当然、漢字文化とともに渡来したのであろうが、もちろん、高貴なもの。仏教普及に必要な経典を一部でも多くつくるため、写経用がまず主要な用途だったのにちがいない。文字によって用件や気持を伝達するすべを知った古代の人びとにとって、一個の佳墨《かぼく》を得ることは、心豊かなよろこびであり、安心であったことであろう。

口づたえの語りべたちの記憶のよさは、他に表現のありえなかった集中力を考えても、いまの私たちの想像以上に正確なものではあったろうけれど、ただ正確だけがよろこばれないさまざまの事情や人情によって、歪めて伝えられることになりがちだったはずだ。

七二一年、「正五位上勲五等太朝臣安万侶《おおのあそんやすまろ》」が、元明《げんめい》天皇の詔によって稗田阿礼《ひえだのあれ》伝うるところの物語を選録して『古事記』をつくった。それが、それまでの「既に正実《せいじつ》に違い多く虚偽を加えたもの」をあらためたとはいえ、逆にひとつの帝紀美化意識でつづられたものだということはいえよう。

『古事記』も『日本書紀』も、墨による記述なればこそ、歴史文献として後世に絶大の威力を発揮したのではないか。すぐ消えてしまう絵具で書かれたものならば、とても日本神話の尊厳はうまれず、従って国柄や歴史は、あるいは大きくちがったものになったかもしれない。思えば、すさまじい巨大な影響力を含む〝墨の力〟なのである。

古梅園《こばいえん》のお花墨は、お習字を正課目として習った私たちにとっては、なつかしい墨である。その墨の磨りようで、人間がわかるなどといわれ、硯の面の、中央のみを凹ませないよう、墨をまっすぐに減らしてゆくよう、気をくばったものだった。なんといっても、うす墨いろは不吉といわれ、漆黒でないといけないといわれるものだから、幼いときはむやみに力をいれて磨り、どろどろに濃くして困った。いくら黒い墨いろにしても筆がのびず、さばけず、気品がないのだ。

小児にも、美しい墨いろ、好みの墨いろというのがあった。「子供にはもったいない」としぶる母にねだって良質の墨を買ってもらった。お習字の時間、みんながいっせいに墨を磨ると、いろんな墨の匂いが漂った。自分の墨の匂いがわが体臭のように親しくて、清書をためておく箱までが、その匂いにみたされていた。

■墨づくり

どっしりと旧家の構えをもつ古梅園の店先に、一歩はいると、そのなつかしい墨が並び、ほのかな匂いが漂っている。ご紹介役の三枝熊次郎《さえぐさくまじろう》氏は、幼いころこの店先で、割れ墨を買うのが例だったと話された。まだ店は畳じきで、割れたのや歪んだのや、製造中にできた損じ墨を箱に入れて持ってこられたという。その中から、質のよい、使いやすそうな品を選ぶひととき、幼い男の子も、くんくん墨の香を匂ってみたことだろう。

のれんの下に小さなレールが奥の方まで走っている。奥の工場から製品を運ぶ小さなくるまが押されてくる。

「それはもう、今でもたいそう素朴な手づくりの方法で墨は作られているのです」

と古梅園の米沢《よねざわ》啓治郎氏。科学墨もどんどんできる世の中になっているけれども、機械では、廃分になる分まで吸収して能率はあがるが、質は悪くなる。墨のいろのじゃまになるものがくっつき、黒さが白っぽくなるのだそうだ。

雪明りの路地を奥に通ると、しめ縄をめぐらせた土壁の長屋がある。戸をあけると、むっとあたたかな油煙の匂い、まっくらな小部屋に、チラチラと土器の灯が並んでいる。美しい。まるで、なにかの呪術を施しているような妖しさと、天地への祈りに我を忘れるような敬虔さ。ともかく、ともし火の美しさが、素朴な、あまりに素朴な煤煙づくりの部屋に揺れ、まばたいている。

ずらりと棚に並んだ十五センチほどの直径の土器に菜種油《なたねあぶら》を入れ、灯芯に火をともして、その上にやはり土器のおおいをしてある。焔の煤《すす》は、おおいの土器の裏にくっつく。灯芯を太くして、おおいの間隔を低く接近させると、荒い煤がたくさんとれる。上質の、きめの細かな煤をとろうと思うと、灯芯を細くして、おおいとの間隔をひらけると、当然煤が少なく、微粒子の煤煙になるのである。こんな手段でわずかな煤をとりため、墨にするとは、考えてもいなかった。

まっくらな部屋から、まっ黒によごれたからだの人がでてくる。このむし暑い部屋で、煤煙を吸って煤をつくっている人の、息苦しさを思う。ほんの五分か十分か、なかにはいっているだけで汗ばむ。煤が顔にもきものにも、いのちある蚊のようにふんわりとまっているのだ。

職人さんたちが、それぞれ自分の、膠《にかわ》を煮る容器をもって、湯煎《ゆせん》しているかまどの上に、大きなアルミニウムの弁当箱が置いてある。もう、お昼近い。雪の日のお弁当をあたたかくと、通りすがりにお弁当をなでてゆく。ほかほかあたたまっている。どの方のお弁当かしら。こういうおひるをこのごろは、ほとんどの人はしないで、店屋ものですましている。だから貧しい内容のお弁当かもわからないのに、とてもやさしい気がしたのだ。

煤煙を集めたものに、膠の熱い溶液をそそいで、香料をまぜてよく揉み、練る。半裸の背も手も顔も黒光りになった人びとが、かたわらの計量器に心づもりの量をかけて、よく練り、梨の木でつくった墨型の枠にはめてひとつずつ押してゆく。ちょうど良質の品らしく、その練りものが美しい紫銀に輝いていた。いま、五ツ星マークの品が、昔の三ツ星と同じくらいの品質になっているのだそうだ。

枠からとりだされたのを、さわってみると、固い羊羹《ようかん》ほどの弾力である。これを濡らせた灰の中に並べてだんだん乾燥させる。次つぎと、乾いた灰に埋めてゆき、七、八日間ほどたってから、縄で吊して一カ月半ほど、空気にさらして乾かすのだという。灰場には、すこしずつしめり気のちがった灰がある。灰そのものを乾かすためのかまどもある。なにしろ、古梅園は天正年間（一五七三〜九二年）に製墨業を始めた旧家だから、あるいは、そのころの灰もいりまじって、よき灰加減をつくりだしているかもしれない。

昔と、ほとんどちがわない労働状態なのであろう。まっくろになったからだを洗い落すおふろ場があったけれど、ひとりひとりのからだの汚れをまず落すところに、膠の入っていた容器が入れてある。周囲にのこっている膠分を、お湯にとかせて、そのお湯で洗った方がよく落ちるのだそうだ。

日本の墨では、牛の皮を煮とかせてつくった膠を使う。清らかな透明の膠。この湿気の多い国での美術工芸品や生活用品にとって、膠のもつ恩恵の大きさははかりしれないものがあるが、この大切な膠をつくる人びとを、特別な目でみてきたことを思う。墨にだって、膠がなかったなら、その永遠的定着力はない。必要なものをうみだし、社会運営に欠くべからざる仕事をしてきた人びとを、不当に蔑視してきた恥ずかしさを、いまからはなくしてゆかなくては。

乾燥した墨の表面は、大蛤《おおはまぐり》の貝で磨いてつやをだす。ぬって光をだすのではなく磨きだすというのも、墨香にふさわしく、きれいな仕事だ。この製墨法は、推古時代に僧曇徴《どんちょう》の手によって伝えられたというが、奈良では、興福寺の僧がはじめて作ってみたものだとか。

■にじみでる運命

文人墨客《ぶんじんぼっかく》。当時の知識階級は、奈良の都に集まり栄えた。美しい言《こと》の葉も、呪《のろ》いの文言《もんごん》も、空想の風景も写生の実景も、墨あればこそ描きだすことができた。

天然色写真の自由自在なこのごろでも、なお白黒の写真の方に、かえって深い真実の心の表現がみられるようなもので、絵も書も、墨ひといろによって表現されているものに、飽かぬ美しさがひそんでいるようだ。

京都博物館で、特別陳列の石山寺縁起《えんぎ》絵巻をみて、その克明の美しさ、丹念な配置に感心はするものの、いきいきとした描き手の心は、白描画《はくびょうが》の高山寺蔵、将軍塚絵巻の方に動いていた。墨の濃淡を、こだわらぬ運筆《うんぴつ》で走り描いている。墨なればこその自由があり、せかいがあり、精神がある。ほんとうは極彩色の方が真実に近いはずなのに、白描の方により真実を実感することが、いつもふしぎでならない。

海北友松《かいほくゆうしょう》の襖絵「松竹梅」、長谷川等伯《とうはく》「猿猴図《えんこうず》」など、桃山の名作はこのひっそりとした博物館で、よく見ることができる。極彩色のけんらんではないが、たしかな墨絵の豪奢ではある。

また村上華岳《かがく》の墨絵の牡丹の華麗なる幽艶は、他の色牡丹にまさること数等。墨によってのみ、いのちのふしぎ、存在のふしぎを思い知らされるのを、ただ東洋の感覚とのみ言い切ってしまえるのかと、いまさらに墨……煤の力に目をみはる思いなのだ。

唐墨は魚の膠が百パーセントはいっていて、唐紙にむく墨質。和墨は六十パーセントなので、手すきの日本紙に調和すると。それぞれの風土でうみだされたものが、結局、調和のとれる質なのである。

日本では松煙《しょうえん》からとる墨を、いままで下墨《げぼく》扱いにしてきたが、もう、人里離れたまったくの山奥で、松の立木に傷をつけて樹脂をふきださせ、その部分をもやした煤を集めるという仕事を、する人がなくなってきた。いよいよ、松煙墨がなくなるとなると、またその味わいをなつかしむとかで、すこし値上がりしているらしい。年に一度か二度、里に下ってくるだけの、なんの人間生活らしいたのしみもない山奥の生活、その松煙づくりからみると、この工場での労働は結構なものといえようが、やはり、相当の重労働である。

純炭素分だけではなく、煤のなかの余分のものも、深い墨いろをつくるのに大切なもので、なにより必要な膠が夏の暑さにくさるため、夏中は墨づくりはできない。十月から五月いっぱいの働きをすませると、あとは失業保険で生活、また十月就業という、杜氏《とうじ》のような季節労働者になるわけだ。昔は、その仕事のない間、植木屋さんや大工さんの手伝いをして過ごした人が多かった。不安定の不安がなくなったのはいいが、国家の失業保険が、こういう形の使われ方をすることには、いささか納得がいかない。

俳人永田耕衣《ながたこうい》氏の書画作品展をのぞいてみると、その墨いろは、ほとんど淡墨だった。

墨といっても、どこまで高い値をつけられるかわからない唐古墨から、安い今どきの合成樹脂製品まであるわけだが、頓着なくただ質のいい和墨の、つくられてから二、三十年たっている墨を使っているそうだ。墨を磨るのがあまり好きではなく、すぐやめるそうで、この淡さは〝性格的墨いろ〟なのである。

黒いろ判断というものがあって、黙って一の字をひっぱると、そこに運命がにじみでて、みる人がみれば手にとるようにわかるという。

ともかく、さまざまの、書か、絵か、造形かわからぬ前衛書道の様子をみていて、書道ならば、まず読める字であってほしいと思う。せっかくの文字の意、文章の意、それを読むことも、書の形を見る以上に大きな、書道の目的であろう。

この禿筆《とくひつ》というもおろかな、大刷毛ででもこすりつけたような書も、ともかく読める。躍りあがっているようないちじくの絵に、

一個のいちぢくや心を海にせん

むくむくした健康な桃の実の絵に、

白桃を今虚無が泣き滴《したた》れり

といった自作の俳句の賛のものはわりにすくなく、心酔の章句であるらしい『正法眼蔵《しょうほうげんぞう》』のなかの道元の言葉、

沢にかくるる山あり空にかくるる山あり
山にかくるる山あり

など、とけ入りそうな愛着があふれている。

■わが身にてらして

次つぎとみてきて、四角な柿の絵をみてはっとなった。いつも、柿の実は四角だなと思っているのに、はっきり、四角の分厚いフチを描いた柿は、はじめてみたからだ。

南宋末の画僧牧谿《もっけい》に、やはり四角な柿の実が、りんりんとしてすでにあった。それはフ

チどらない水墨。この朱を塗られたとがった四角枠の柿に、私は耕衣氏の骨をみたような気がした。

「色即是空」の賛はあまりに常識にすぎて残念だ。いや、これは私自身が、色即是空に親しみすぎての飽和があるのであろう。それよりも、大きく「非仏」と書きあげた大幅《たいふく》に「金剛」よりもなお堅固な「とらわれぬ境地」を感じた。美しい「非仏」の境地。

急に「非想非非想」が思いだされてきて、仏とは仏ではないものと答える仏の、常識や先入観や強制に対する無窮《むきゅう》の怒りが心に迫ってきた。私の好きな非想非非想は、執着にはとらわれないでいて、しかも、こまやかな思いはのこしているという微妙の境地だ。

仏は仏であることを否定するところから、真の仏の使命を果たされるのだが、人間われらは、まず人間であることを認識し、それが空であることを知って、大きく執着をつき放したあともなおのこる、こまやかな思いの数かずに、人間の性《さが》の可憐をみとめ、およばぬまでもいつくしみ合おうとするのではないか。

あまりに大きな「非仏」の宣言の前に「非非想」の子らは、たって涙ぐむ。心弱くならざるをえないみだれの世界であり、民衆仲間の不幸が血しぶいているのだ。

陰ながら尊敬していたある高僧の墨跡をみて、その俗っぽさに苦しんだことがある。その方が「天皇がもっとお寺まいりをして下さったら、仏教界はみちがえるように活気づく」といわれているのをきいたのも、つらいショックであった。いつまで、庶民への愛を語らぬ、それが悟りの仏教なのであろう。このあるいは悪筆毒筆と、思われかねない書には、そんなところをけとばした、はるかな空がのぞいている。

そんな事実をみるにつけても、単にわが名を書きしるすさえ、なんともいえない恐怖である。人びとが「美しい文字ですね」と賛嘆される文字を「美しい」より「いやしい」としか思えないことが多く、とんでもないと思われる字に感動する私。

小学生三年か四年のころ、お手本そっくりの字が書けて、しかしそれがまったく死んでいた不気味さを、私は忘れることができないでいる。先生は思うとおりになる子だというよろこびで迎えられたけれど、なんでも、お手本がなくては書けない自分を、どんなに恥かしく情けなく思ったことか。だから娘のころの散らし書は、お手本というもののない、ただの筆遊びであった。

いい気になって書きのこしていたそれらのわが筆跡を、草子洗いのようにきれいさっぱり洗い流す手だてはないものか。どこにひそんでいるかもしれぬわがいやしき書を思うと、つい、とりみだしてしまう。墨のきびしい審判の前に「非想非非想」なのよなんて、すましてはいられなくなる。やっとこの人のみる目もおそれずに、とりみだす自分になれたことを、わずかな慰めとすべきなのであろうか。

それにしても、あまりに墨のいろは、人の心を、品性を、そして運命を、よく物語るものではある。

花道

■花まみれの道

すでに散りしいているさくらの花びらの上に、なおも、さかんな落花がつづいていた。冷たい、雨あがりの植物園には、遅く咲いたさくらを惜しんで、学生の姿が多かった。若い声は、散るばかりになっているさくらの、花の梢《こずえ》をゆるがせ、さらにしとどの花ふぶきを招く。

髪にも肩にも、帯の背にも襟もとにも、花びらはかるくあたった。頬や唇に、うまく触れていってくれるやさしい花びらもある。首すじから背中の方にはいったらしいひとひらは、髪を飾ってとどまる花びらよりも、いっそう私をいたわってくれる。

さくら林の下を、思うままに歩いていると、花ふぶきに包まれてふと、周囲の人びとの気配から遮断されてしまう。木によって、白く、また濃紅《こいべに》に、繊艶《せんえん》に、また艶麗《えんれい》にと、咲きたがう花をみあげ、光りにじむ花木の幹によりそい、この逍遙は飽かぬうれしさなのだ。

まだ、踏みしめると、じくと地にのこる雨気がのぼってくるからと思って、古いのをはいてきた草履は、濡れた上に花のしとねを踏むのでびっしり、といいたいほど淡紅の花びらにまみれている。もったいない花まみれの道、私ひとりの花道である。

花道、というのは、日本独特の存在であり、ことばでもあるのらしい。花木の並木をいうのではない。もちろん、私のように、花まみれになって踏む、自由な散歩の道をいうのでもない。私は勝手に、よろこびの、うれしさの花まみれを、花道といってしまっただけである。

踏めばそのやわらかな花びらは、たちまち透いて土に通り、すぐに土そのものになってしまういじらしさ。土はむざんに流された血をなにげなく吸うように、散りしいた花びらをもさわやかに吸う。春の花木の下の土は、いわば全部が、花道なのだ。

能舞台の、橋がかりは、まことにすばらしい道であり、空間であると、いつも思う。あの簡素な四柱舞台の下手の、低い手摺《てす》りの橋がかり。染め分けの揚幕が、さっとうしろへ引かれて、揚げられる瞬間、出をひかえてたつ舞台人も、観客も、ひとしく息をつめるのだ。いわゆる、舞台幕のない舞台、小道具のない舞台で、だからいっそう本質的なドラマが展開されようとする。

演者にとって、まったくかくれ場のない舞台。観客は、動きの少ない能にはいっそうきびしく、その静止を必然の気魄によって支える「動いてやまぬ精神」を要求する。その、橋がかりの出の緊張は、気持のいいものである。

いかに能は立派な芸術でも、ときどき、ほうっと退屈する。それは、謡のことばがききとれないところからくることもあり、そとでの動きとはあまりにちがう時間のリズムに、いらだつ場合もある。その点、狂言はそのセリフがとてもおもしろく、庶民的な、具体的な筋の内容も近代感覚にみちている。オー・ヘンリーの短篇のような、しゃれた対話劇である。

この間、観世会館で、茂山倖一《しげやまこういち》氏の、四代目忠三郎襲名披露記念能楽会で、新忠三郎氏は「釣狐《つりぎつね》」をだされた。狐のばけた小父が、ワナと知りながら、やはりワナの魅力に抗し切れないで正体をあらわす。縫いぐるみの狐にかわって、ちょっと揚幕の横からのぞいてみている。ワナのそばによって、ためつ、すがめつ。その狐の心情が哀しくでていた。ただ、みずみずしい若さがあふれて、老いた古狐という感じではなく、元気なやんちゃな大狐というところである。

公開日ではない日、たずねてみると、舞台の上ではひとりの中年女性が、ちゃんと面をつけて、「熊野《ゆや》」を舞っている最中だった。京には、町家のしろうと衆、それも女人たちの能楽稽古は多いらしい。小紋のきものの裾をひるがえして、本舞台での晴れの発表を前の稽古。橋がかりの七三のところできまるうしろ姿に、黒紋付の指導者は、なかなか合点なさらない。座席の後の方に、ひとりの若い外国人男性が腰かけて、ひっそりその様子を見ている。

金剛の能舞台の方が、橋がかりがすこし奥に斜めに深まっていていいという意見をもきいた。観世の能舞台の橋がかりは、西本願寺の表能舞台にならって建てられたそうで、以前の丸太町舞台が強制疎開にあったため、昭和三十三年（一九五八年）四月に再建なったものとか。

西本願寺全体の立派なことは知られているが、表能舞台は桃山風の公式舞台、奥能舞台が非公式の略式舞台になる。橋がかりの勾欄《こうらん》の高さや、化粧屋根裏、化粧《けしょう》梁《ばり》など、構成はそのままかもしれないが、なんといっても哀れなのは松。

貧弱な若松が、しおれた様子で並べられている。鉢植の若松の、痛みは早く、ものの十日もたつとだめになるそうだ。天日の当らぬ場でのいろどり、松にとっては苦役の場であろう。このくらいの大きさの松は、だんだんそろわなくなる。けれど「できるだけポリエチレン造りの造り松にしないで、活きた若松のそろう間はそろえるつもりだ」との、権藤芳一氏の話である。

■昔の知恵のたしかさ

もう十五年も前になるが、大阪道修町《どしょうまち》の、ある香水問屋に伺ったとき、中庭に白砂がまかれていて、りりしい若松が二本だけ植わっていた。まるで能のせかいのように典雅な、商家の庭なのにおどろいたが、あの若松は、いまも元気にしているだろうか。排気ガスで人間の呼吸のしにくくなっている都心での若松……いまは成長して、大きく天に枝をはっているかもしれない。あるいは成長したい松を、若松づくりに手入れして、なお中庭をみて通る通路を、橋がかりの風情にのこしているかもしれない。

宮島にいって、心にのこっているのは厳島神社《いつくしまじんじゃ》の境内にある能舞台と楽屋、その間をつなぐ橋がかりである。

心にのこっているとはいいながら、十年以前のそのころは、ろくに能をみる機会もなかったから「すばらしい感じだなあ、この橋がかりをさやめき通って、ここで思う存分、演じるときは、さぞ幸福感にみたされただろうな」「ここにすわって、こうみるのが、いちばんだろう、あそこにはどういう立場の人が、むこうにはどんな人が、すわってみたのであろう」などと、考えたことを記憶しているにすぎない。

これは、室町末期の様式で、西回廊側を正面の見所、北回廊側を脇正面にしているまこと、単純なものほど力強いものだと思わしめる配置、造りである。橋がかりはななめに深く、奥行をもっている。遠くからあらわれでたり、遠くの方へ、消えてゆく感じがするであろう。

それに、海中に存在しているわけだから、満潮のときは完全なる自然の演出が添う。日本独特の、自然との調和、融合の美学が、このけんらんの豪華演出となるのだ。私は行ってみるまでは、海中の朱の大鳥居をきいただけでたんのうして、東照宮への抵抗と同じような抵抗を感じていたのだけれど、この一基の能舞台のたたずまいには、厳粛なほどの感動をもったのだ。

きけば、毎年四月十五日には、この能舞台が使われるという。昔の知恵のたしかなことは、二番、三番と、演能がすすむにつれて、浮舞台に潮がさしてくるという。見事な大海原の参加演能である。想像してさえ鮮かな豊かさではないか。

長い間……歌舞伎芝居の花道は、橋がかりが発達したものであろうと、思いこんでいた。中世期まで、野外劇であったものが屋内劇へ、臨時役者が臨時舞台で演じたものを、職業的役者と常設的舞台になった近世の舞台づくりについて、飯塚友一郎著『歌舞伎概論』によると、

「慶長のはじめ京都五条の橋詰に建てられた阿国歌舞伎の芝居小屋は、英国劇壇におけるシェクスピア劇の勃興当時で、英国最初の劇場といわれる一五七六年の、ロンドンのシアター座の創立におくれること、僅かに二十年」

とある。

そのころはまだ、能舞台そのままのしつらえで、三方観客席であったろうが、やがて、日常的な背景や、小道具や、劇の段階を示したり余韻をのこしたりする引幕などが考案される。

『東都劇場沿革誌』では、延宝元年（一六七三年）に橋がかりを今の花道に改めた勘三郎座の古図があるといい、伊臣《いたみ》真著『観劇五十年』では、角力《すもう》の土俵へ通う道も花道で、野《の》見宿彌《みのすくね》、当麻蹶速《たいまのけはや》の対戦の歴史にさかのぼるともいう。花道という称呼は、寛文八年（一

六三一年）頃のことであろうとしている。

『演劇大全』でも『日本劇場史』でも、寛文八年説をとっているから、常設劇場の創立後ほぼ七十年近くたって、花道は確立されたと思っていいのだろう。

だが『日本劇場史』では「花道と橋がかりとは全く別の沿革」という。つまり「花道の起源は、既に承応の頃の若衆歌舞伎の舞台にみえている処の、役者に纏頭《はな》を遣わすべく、花の枝に目録を添えて運んだ前面の仮設通路であった」それを江戸、河原崎座の新築の際に取りつけたのが、はじめであるとしている。

なるほど、そういうことも、いえるのであろう。そして、祝儀用の通路としても、芝居内容の豊かさや変化に利用する場としても、芸のみせどころとしても、どんなにか便利なことに気づいて、活用されたのにちがいない。

「伊賀越道中双六」だの「白浪五人男」だの、舞台下手《しもて》寄りの本花道の反対、上手《かみて》寄りに、細く仮花道をも臨設して、客席をはさんだ双《ふたつ》花道から、ツラネをいって見得を切ったり、道中しながらの劇変化をみせたりすると、私たちもうれしかったものだ。客席の中を通る親しさ。吉原の花魁《おいらん》道中がはなやかに練ってくると、客もまるで、道ばたでのびあがって眺めているような気になる。

円型劇場の発達した外国と、角《かく》舞台で出発した日本。これは、折りめの好きな日本人気質からの必然性があるのかもしれない。宝塚のレヴュー舞台など、エプロン・ステージの方がいまは親しまれている。でも、この花道の思いつきは、実際よくできていて、演劇にとっては世界的によさを発揮するものだといえよう。

■艶のふしぎ

久しぶりに、歌舞伎座をのぞいてみた。

七世松本幸四郎追善興行で、市川団十郎、松本幸四郎、尾上松緑《おのえしょうろく》三兄弟が、一日代りの弁慶をつとめる「勧進帳」をみたかった。なんといっても、いいご兄弟で、ほのぼのする話だが、この日は幸四郎弁慶。染五郎時代から、熱と迫力の人であるが、いかにも、弁慶らしい弁慶である。幕が引かれ、待望の花道、六法《ろっぽう》を踏んで入る幸四郎弁慶に「松緑弁慶ならば、またちがっていいですよ」という声が耳にはいった。松緑は踊りの人。実際、六法は、いちばん見事に踏みこなして入る人かと思う。

けれど、私は松緑弁慶よりも、団十郎弁慶をみたかった。松緑氏は踊りが達者なために、踊りに流れてしまうときがある。踊りにのりすぎ、芝居の意味の逃げるときがあるので、六法はともかくとして、弁慶の舞台は、団十郎をみたかったのだ。富樫《とがし》役はぴったりのイメージだと思われているようだが、団十郎富樫は神経質な感じである。

テレビで松緑富樫、団十郎弁慶をみたが、思っていたように弁慶が大きく大らかで美しかった。富樫もよかった。ただ、六法は幸四郎弁慶の方がよかったと思う。松緑弁慶をみられなかったので、いい切ることはできないけれども。

勧進帳は能舞台式。幕間に檜《ひのき》の板を張りつめてゆく。「魂ぬけてとぼとぼと」『心中天網島《しんじゅうてんのあみじま》』紙屋治兵衛の頬かむり姿のよろめきでるのも、「十六年は一昔……」蓮生《れんしょう》坊になった熊谷直実《くまがいなおざね》が、愛別離苦の悲しみをしぼって立ち去るのも、この花道。

いつか、ある詩人が、芸裏の、ちょうど花道の七三にすわっていたとき、そこにひざまずいた歌右衛門氏の足の裏をまともにみたと話されたことがある。

すっかり白粉をぬった白い足の裏が、分厚いふきの袷《あわせ》の裾、さらに長襦袢《じゅばん》や、緋の裾よけなど、色濃くみっしり重なった衣装の中に小さく輝いていて、まったくもって色っぽく、ぞっとしたそうである。

歌舞伎のもつ艶《えん》、女形の醸《かも》しだす色っぽさとはすこしちがうが、文楽《ぶんらく》人形浄瑠璃《じょうるり》の人形も、その首から肩にかけての動きが艶である。とくに、生きている人間同士では、いくら演技でもなまなましく、いやらしくなりがちな抱擁とか、男の素足とかにきれいな色気がある。人形浄瑠璃でも、ひところよく花道を使っていたから、どういうことかしらと朝日座にはいってみると、今度の興行では花道は使っていなかった。

ふつうの花道とはちがって、人形の遣《つか》い手の腰までかくれるように、谷間のように凹めて作った花道で、他の劇に使うときには上から板をおくようである。あの、ひとつの人形に主《おも》遣い、左手、足と、三人の遣い手のいる人形芝居に、四つ橋の文楽座時代までは花道なんてなかった。昔、花道を使ってみたこともあったのだろうが、人形は遣い手が背にひそんで人形にいのちを活かすもの。無理なのである。

うしろ姿にこもる感情を、うしろ姿の美しさを鑑賞するのは花道の特権だ。迎え、見送る。よくその役の心情を物語る、よきうしろ姿をみせる役者に、千両万両の祝福を声を限りにおくるのだ。

その、うしろが人形は無理。はなやかの所作事《しょさごと》で、花道で舞うときなど、また、道行《みちゆき》の道中でも、ともかく、歌舞伎では芸裏は芸裏なりに、表からはみられない味をみてたのしむこともできるわけだが、人形では混乱するばかりなのだ。

無形文化財指定によろこびの紋十郎人形を観ようとしてか、案外に入りがよい。「御所桜堀川夜討」のおわさは、弁慶の鬼若丸時代、一夜をちぎった縁でうまれた愛娘の命を救おうと、濃紅の振袖の片袖を証拠に「父にひと目会わすまでは大事の娘」と、そのなりゆきを物語る。主の身代りに娘を殺されようとするせっぱつまったときの色ざんげ、おわさ役はむつかしい。満員の観客の騒然と湧く中に、この暗渠《あんきょ》のような花道が、ぽっかり黒く沈んでいた。使わないのなら、蓋をしておくとよいのに。

人びとの運命にとって、今やまさしく、祝福の花ふぶき散る花道よと、その七三に決まって感激の掛声をうけうる自分を自覚する日もあるであろう。

無形文化財指定は、文楽潰滅の不安におびえながらも、戦後、松竹の労働条件への不満をもって結束し、三和会《みつわかい》を結成して文楽座をとびだした紋十郎氏にとっての、花道なのにちがいない。三和会が世間の冷視や無理解、経済的な不安や芸術的恐怖と闘いつづけた期間は、どんなに長くつらかったことだろう。

そのつらい時期をも、持ち前の明るさで積極的にすごしてきた紋十郎氏は、ますます明るく、うららかな表情である。数年前、ご長男の藤間紋寿郎氏に「どうしてお父さまのような名遣い手を、うけつごうとはなさいませんでしたの」ときいたとき「父は、ずいぶん進歩的な人間で、さまざまなくふうも努力もするのですが、三人でひとつの人形、というのに限界があると思いましてね。私は、自分の思うように自分を動かせたい。踊りならば自分のからだささえ満足ならば、全身で心を表現してゆけるだろうと思ったのです」といわれたのが、なにか心にのこっている。

直接表現、移植表現。人形がうつむいて泣きふるえ、主の身代りに殺される物語ばかりをつづけている間に、そういう筋には怒りや失笑しか覚えない世の中になった。しかし、その腹立ちやまぬ私たちの先祖の不幸の正体を、目にみる思いがするのは、同じ演目でも、歌舞伎より人形の場合の方により深い。人形の方が、本質的な役の意味がはっきりするからであろうか。

■わが花道とする覚悟

今年の春もまた、各大学で、たくさんの学者がたが、定年のお別れ講義をなさった。いちど、そのお話をうかがいたく、尊敬していたある先生のさよなら講義の日を問い合わせたところ、残念なことにもう、終ってしまっていた。

学問の花道、学者の花道とは、どういうことをいうのであろう。湯川秀樹博士のノーベル賞受賞は、壮麗極まる花道であったが、世界連邦の理想こそ、もっとも科学的な現実であるとして、学者の良心としての反戦を叫びつづけておられることは、いっそうりっぱなありようだ。

「男の花道」とか「花も嵐もふみ越えてゆくが男の生きる道」とか、男の道というものを、なにか、女とはべつの道であるかのように表現しているのをみると、危険だなと思う。男も女も、人間としてよろこび歩める道を通りたい。人間として、安心し、誇れる道を通りたい。男が女の裏方ではないように、女も男の裏方ではありえない。肩を組み、腕を組み、頰ずりをし合い、声を合わせてうたいながら、人間としていっしょに前進するのが、私たちの心に描く理想の花道である。

ボス政治家の引退へのはなむけなどとおろかなことがいわれるばかりか、このごろでは「ベトナム戦争からアメリカが誇りをもって手を引ける花道を作るのが日本の役割だ」などという記事が目につく。血に染んだ道に花びらを撒け。日本的な花道解釈で、世界に笑われては、せっかくの花道が泣く。

山科の出雲寺、俗称「毘沙門堂《びしゃもん》」は、秘仏毘沙門天立像をまつり、門跡寺院の格式を持っている。あまり世人に知られないが、さくらの花がよいときいて、寒風吹きすさぶ中をたずねてみた。もう、境内の枝垂《しだれ》は九分がた散華《さんげ》したあとだった。途中の疏水《そすい》にそって並ぶさくらが満開で、ここもまた、さかんに風にふき散らされた花びらが散る。その花びらをのせて、疏水の流れはどんどん早い。

よりよき方向へ、至ろうと努力する道は、みんな花道だといえるであろう。脚光を浴びるにせよ、浴びないにせよ、そんなことは、花道をゆく心に何のかかわりもありはしない。でこぼこ道を埋めて、石ころがごろごろしている。つまずかないようにと、足もとをみつめながら歩いている目に、ひと茎のたんぽぽの捨てられているのがうつった。たんぽぽは、みずから散ったのではない。他者の手で意味もなく、この道に捨てられたのだ。

いま生きて歩いているこの苦しい道以外に、花道なんてあるはずがない。私たちは人生という舞台での、ひとりの役者であるという古きことばからのがれることはできない。だから、苦しい道をもって、わが花道とする覚悟がいる。

青松

■松の墓標

ほの、と、うすく紅を帯びたあけぼののいろが、空にも、海にもやわらかく流れる。

午前四時五十分、おだやかな瀬戸内海の夜航を終えて、高松桟橋に降りたった。すがすがしく、むしろはだ冷たいほどの初夏の朝である。

めざす大島への連絡船は九時出航だという。一年前には、栗林《りつりん》公園を散歩して時間を待ったが、このたびは屋島《やしま》へのぼろう。日盛りとなれば人出も多いにちがいないが、この早朝では、気持のいい散策ができるのにちがいない。

高松は、松の美しいところだ。栗林公園は背景になっている紫雲山《しうんざん》松林をひきついで、立派な松が多い。よく手を加えた、風雅な松がいたるところにみられる。松の木を、とくに意識にのぼらせたのは、幼きころ小学校の遠足で、どこかの浜辺で遊んでからだと思う。

松林がえんえんとつづいていて、友だちとかくれんぼをしたり、鬼ごっこをしたりした。そのとき、松葉をからみ合わせてたがいにひき、バラバラになると負けになった松葉相撲《すもう》を覚えたのだが、はじめて、二本の青い針をもつ、松葉というものの形としてのおもしろさをも、心にとどめた。

三葉の松葉もあるし、五葉の松もあるが、なんといっても二針の葉のさわやかな感覚はいい。

さまざまな植物の、葉の形をだけしらべていっても、ずいぶん意表外な自然の造形ぶりがみられるであろう。天然のV字、松葉はすぐれてシャープな美しさなのだ。

日本では古くから、松を千古不易《せんこふえき》なるものの象徴のように尊び、大切にしてきた。北は北海道の南部から、南は九州に至るまで、松は日本の山野にみちみちている。すらりとのびたアカマツの幹の美しさ、そのそばに生じる松茸のよき味。クロマツは海辺に、海風に耐えて見事な松林をつくってきた。長い海岸線をもつこの国では、松林が自然の防風防波の役を、果たしもしたのであろう。

ところがその堂々たるクロマツを、そのままにのこしている浜辺らしい浜辺が、まことに少なくなった。味気ない防波堤が白く高くつづいて、海辺にまでも人家がたてこむ、大阪から堺、岸和田方面の埋め立てなど、海、というもののイメージを変革してしまった。

「名も青松園ですが、ほんとにいい松の浜辺ですね。今度は、松の美しい季節にゆきたいものです」

「松の美しい時期とたずねられて、はたして、いつが美しいのかと迷ってしまいました。年中、松の中に囲まれて暮しているため、松の美しい時期がわからなくなったなんて、恥ずかしくなります。梅雨の頃は、熱発で、好きではありませんが、いつの松にも愛着を覚えます」

瀬戸内海に散在する緑の島々のひとつ。高松から、三、四十分船にのってたどりつく大島には、明治四十二年（一九〇九年）四月一日に設立されたハンセン氏病療養所がある。それはすばらしい松林の浜辺をもつ、いい島の雰囲気で、はじめてたずねたとき、思いがけなく忘れかけていた日本の自然の浜辺にめぐりあったような気がしたのだ。

もちろん、ほかにもよき渚はあるだろうけれど、こんなに美しい白砂青松の境地だったら、たちまち観光資本の手につかまえられて、いずこも同じ演出に毒されてしまうことだろう。その点、いまも昔ながらの、素直な浜が「放置されて」いるうれしさは、不幸ゆえの幸福の部分といえるかもしれない。

ハンセン氏病者の不幸を思えば、その離れ島の松が美しいなどというのはどうかしていると、いう人はあるだろう。その不幸は、いまさらいうまでもない。けれど、この青松のただ中に暮していて、松の美しさを味わおうとしないのでは残念だし、意識するか、意識しないかはべつとして、この松によってどんなにか心養われ、松の香りに洗われて、よろこび多く過していらっしゃるか、わからないと思う。おたがいに不幸は不幸として自覚した方がよいと同じように、よろこびもまた、よろこびとして大切にしたいのだ。

■古戦場に胸せまる

屋島は、朝ぼらけの瀬戸内海を見はるかす絶好の高台である。内海航路では、すぐ退屈してしまうほど愛らしい風景がつづくのだが、女木島《めぎ》に鬼ヶ島の伝説ののこるのにも、あたりの風景のなだらかさに比しては、潮の満干による流れの早さに、案外、きびしいものがあるのだろう。屋島はまた、源平合戦の古戦場である。

義経がわずかの手勢で討ちかけたのを、当時は、高松とは浅瀬だが水面で切り離されていた八島の館にいた平家一門が「敵襲ならばきっと大軍だろう」と思いこんで、あわてて船にのり漕ぎ出してしまう。このため、義経は絶対の優利を得たのだ。八島の館を焼き、小勢の味方をできるだけ大勢にみせるくふうをする。

義経を射殺そうとする能登守《のとのかみ》教経《のりつね》の矢を、かわりにうけて倒れる佐藤嗣信《つぐのぶ》、例の扇の的を射る那須与一《なすのよいち》「尪弱《おうじゃく》たる弓」を敵にとられて「これこそ源氏の大将九郎義経が弓よ」と笑われるのが口惜しさに、とり流した弓を危険をおかして拾った義経のありようなど、談《だん》古嶺《これい》あたりから見おろす入江のどの岸辺も、源平の将士の動きのあとを、濃密に物語っている。

なんといっても、生きるか死ぬるか、源平の興亡を賭けた戦場で、扇の一齣はまことに優雅な春のたそがれの点景である。暮れなんとして暮れなずむ春の海上に、戦いを一応終ってひいた平家方の船の中から、小船が一艘、陸にむかってすすんでくる。何かの使者か、あるいは計りごとか、源氏方はやや緊張してそれを迎えたろう。

その緊張をふとほぐして、柳の五衣《いつつぎぬ》に紅《くれない》の袴《はかま》、若く美しき女人がひとり、紅地日の丸の扇をたてたそばによりそって、うち招く。想像するだにあでやかな風情である。若冠二十歳ばかしの与一は、敵味方の注視を一身に集めて海中に馬をのり入れる、いのちがけの扇の的である。

……与一鏑《かぶら》を取《と》て番《つが》ひ、よ引いてひやうと放つ。小兵《こひやう》と云ふぢやう十二束三伏《ふせ》、弓は強《つよ》し、浦響《うらひび》く程長鳴《ながなり》して、あやまたず扇の要際《かなめぎわ》一寸許置いて、ひふつとぞ射切《いき》たる。鏑《かぶら》は海へ入ければ、扇は空《そら》へぞ挙《あが》りける。暫《しばし》は虚空《こくう》に閃《ひら》めきけるが、春風に一もみ二もみもまれて、海へさとぞ散《ち》たりける。夕日の輝《かがや》いたるに皆紅《みなくれなゐ》の扇《あふぎ》の日出《いだ》したるが白波の上に漂《ただよ》ひ、浮《うき》ぬ沈《しづみ》ぬゆられければ、沖《おき》には平家ふなばたを扣《たたい》て感《かん》じたり。陸《くが》には源氏箙《えびら》を扣《たたい》てどよめきけり。

（『平家物語』岩波文庫）

いけないのはこの次に展開される源氏の無風流だ。

この見事な扇の射とめかたをみて感に堪えなかったのであろう、その扇のたっていたところへ五十歳ほどの男がでてきて舞った。黒革縅《くろかわおどし》の鎧に白柄《しらえ》の長刀《なぎなた》の武具をつけたまま、同じ武人としての祝福を与一におくり、よき業をみることのできたよろこびを、敵なればという枠を越えて、率直に表現したのだ。

この、敵の武人からの祝福を素直に受け入れ、同じく舞うか謡うかしてよろこび返すだけの余裕がなかったのであろうか、まさか、そうしたたしなみが何もない源氏とも思われないのに、伊勢三郎義盛が与一のうしろにきて「御諚《ごじょう》ぞ、仕《つかまつ》れ」という。与一はたちまち、自分を賞めて舞っていた敵ゆえ、さらにゆかしい男を、射殺してしまう。いやな感じ、である。

この、屋島の戦いで、死んだ平家の将士の屍が、大島の渚に流れついたという。なるほど、さもあろう、湾の入口にあたるところだ。浜辺に屍を埋め、それに標《しるし》の松を植えた。だから、すばらしい松林を「墓標の松」と、いまもなお、言い伝えられているのである。

青松園へこられて、もう四十年になるときく園長野島泰治《のじまたいじ》博士は、人一倍この島の青松を愛されているようだ。まだほんとうに初々しい若者のころから、ハンセン氏病にまともにとりくまれたありがたいお人だと思う。小柄なお顔に比して、たいそう大きなお手が印象にのこる。

「それが、刀剣をうでにかかえるようにしている人骨でしてね。推定によると二十歳から二十五歳くらいまでの六尺ゆたかな大きな骨格なんですよ。やはり、平家の戦死者……という考え方はできますね。骨も、松の根がはびこって、四散しているのではないかという気がします。それは、実際にその時植えた松があるとすると、七百八十年たっているわけですけれど、はたして、そんな樹齢の木がのこっているかどうかは疑問ですけれどもね」

しかし、三、四百年の樹齢は年輪によって数えられる木があり、その太さからみて、そのときの松だと言えないわけでもないような、太さの松もあるのですよといわれる。西日のさしこむ暑い園長室の一隅のガラスケースに、ボロボロに朽ちて赤茶にさびた刀剣や、歯を含む人骨などが、納められている。若武者の死は、いつの時代も胸せまるあわれである。

大観恩怨本来空
仏性何分西又東
一帯青松春已老
幽魂恰弔落花風喝

山田無文《むもん》老師の色紙も、そばに陳列されていた。

大切にとはいっても、むざんに切り倒すよりしようがない病虫害にかかる場合も多い。松枯葉蛾《まつかれはが》の幼虫・松毛虫は、あの針葉をいともうまそうに食べてしまうそうだ。たしかに、よきエキスを含んでいるにちがいない、仙なる味である。

松の実なんて、これは落花生よりも気品高くおいしい。人間が貴重視して食べる。松食虫とひとくちに総称されるマツノトビイ・カミキリだのマツノキクイムシなどは、幹にあなをあけて木の皮と中身との間を食いあらす。果物でも、皮と身の間が美味なのだといわれるから、そこがいちばん、おいしいところなのであろうか。

須磨、舞子など、枝ぶりのいい松に恵まれていたところも、伐採と松食虫の両方で、すっかり傷んでしまった。木が、生きものであることを考えると、やはり生きものとして、ともどもに人間も仲よく生かされてゆきたい。青松を守るのは、ただ松を守るということではなく、松とともに存在しているわれらを大切にすることである。松食虫におそわれたら、ともかく木の皮をはいで、虫のついている皮の方を焼いてしまう。あとにまっ白に防虫剤をふきつけてあるのを、松林でみることがある。

害虫にとっての天敵昆虫だといわれるアリモドキカッコウムシ、ムネアカアリモドキカッコウムシなどを育てるようなこともするらしいが、それは相当大がかりでとりくんでいる場合であろう。不意をうって立ち枯れてゆく松の木は、惜しむ間もなく、いそぎ焼き払うのがいちばんよいのらしい。

みるみるうちの別れということが、木との間にも、動物との間にもある。突然のどうしようもない別れになるからこそ、ふだんからその価値を知ってつき合っておきたい。

■みかえりの松

開所と同時に入所したと、にこやかに語っていらした老女があったが、そのころの島はどんなに原始的な状態であったろう。いまは世間衆知のように、プロミン剤の出現によって、完全治癒も可能だ。すっきりと清潔で、一般社会からみるとうらやましいような安息感さえある。

島の峠のような小さな尾根に、四国八十八カ所を石仏でつくってある。東から、西から、海風が松をゆさぶり、私たちをなぶってゆく。若い松林で、この石仏は、もっと以前は方々に散在していたのだそうだ。たとえば海につきでたところを足摺岬に模したりして、八十八カ所を全部回るのは、相当な散歩道になったという。

けれども、だんだん周囲に各宗教団体の堂や、住いの棟や、会館のようなものやら施設がふえて、この峠に追いつめられてきた。甚だつつましくきれいに行列して、もはや八十八カ所めぐりをする人さえ、少ない様子である。いまは、頭を下げる人もあまりないような感じだけれど、それは、それだけ不幸が少なくなったということでもある。

昔、この石仏が島の各地に散在していたとき、この石仏群は、どんなに答えられないするどい祈りをうけていたことであろう。ラジオやテレビができてきてよかった。プロミン剤の革命的な効果によって、全額国庫負担の保障によって、北条民雄、明石海人《あかしかいじん》時代の雰囲気は消えてしまった。

この島でも収容定員八百六十人なのだが、いまは六百人ほどの入園者であるようだ。そのうち七十パーセントは無菌者で、社会復帰したくてもできないから、在園といったところとか。まだまだ行き届かぬところは多いにしても、日本のハンセン氏病は、急速に救われてきた。そのうちに一般社会との交流はもっともっと自然になり、調和してゆくことだろう。

しかし、この病気のつらさは、たとえ病気が直っても、いったん変化した形がもとにもどらないところにある。あの戦争は、戦前からの入園者たちをひどい目にあわせた。それまで指一本を失うのに一年といわれた常識をはずして、防空壕掘りや食糧自給の耕作などによって、あっという間にすべてを、ひどく悪くしてしまっている。

「戦争になればいちばん先に捨てられる」と身をもって知っている人たちだから、人間の不幸の本質がなんであるかに敏感である。一般社会でのできごとや、世界の動きに対して、やはりひとりの人間仲間として積極的に参加したいという願いと、無力感とが交錯するらしい。

離されている位置のためということで、自分から離れないでほしい。自分の不幸とたたかうだけではなく、他者の不幸をも自分の問題にすることから逃げないでもらいたい。一般人の思いもおよばない悲痛の境地に直面した人たちだけに、仲間としての信頼を深く持つ。

この美しき松を、しかし、どうしても美しくは思えない心でいる時期があるはずだ。「ここへ来てからよりも、来るまでの方がずっと苦しかった」という方もあるが、ケースワーカーである海老沼健次氏のお話では、新しくはいってきた人は、海辺の松のほとりにたたずんで、呆然と海面を眺めていることが多いそうである。

「あの根あがりの松を、私はみかえりの松と呼んでいます。家族におくられて島にくると、帰ってゆく家族との別れがどんなにか苦しいのでしょう。いまの実状をよく認識して患者と握手するほどに、お友だちになる人がたくさんほしいです」

不自由なからだの人びとにとっては、四方八方に松の根のもりあがってひろがっている浜辺は、歩行に危険なところかもしれない。全島を包む、清い青い香りは、花粉を散らせたばかりの松の匂い。どの道にも流れる「乙女の祈り」のオルゴールとともに、甘いバラの香りが漂っている。小島をバラでいっぱいにしようという運動の人たちからおくられたバラの株が、いま、よく育って、至るところで大輪の花を咲かせているのだ。

バラにはバラの、いのち自身にまつわる傷みや苦しみがあろう。そのバラを、こんなにすこやかに育てる心は、不健康者の健康なのだ。この島のバラの、花ばかりではなく一枚一枚輝くような、その葉の美しさにうたれずにはいられない。

松の木は、三百年生きてきたのか、四百年生きてきたのか、あるいは、屍の上に植えられ、それを養いとして、七百八十年も生きてきている木もあるのか。雨に風に、雷に病に、その生きの間の傷みを思うと、胸がいっぱいになる。頑張って生きてきたのね、あなたも、そしてあなたも。

深沈と夜がふけて、眠るのはここと教えられた食堂の二階からみた松林は、くろぐろと影絵にうきたった。その松の枝にいのちを終えた人もまた、少なからぬ数を数えられるのではないか。

「松籟《しょうらい》の音を聞いていると、ふと、なんのために生きているのかしらと思います。いつまでもどうしても、いのちのこと、生き死にのことは、考えないわけにはまいりません……」

「それはそうでしょうとも。どこで何をしていても、その思いからは離れられませんよ」

きれいな声音の、心の奥ふかくまで語り合ったお友だちは、もう眠られたであろうか。こんな夜ふけにこんなにさびしいところを、こんなに安心して女がひとり歩きできることはあまりない。せっかくの安らかさにまたさそわれて、ふたたび暗い松林をさまよい歩いた。

「松なんて、なんて愚劣。なにが、めでためでたの若松さまかよ」

十五、六のころの私は、気負いたって、あまりにどこにもありすぎる松の木を嫌悪したことがあった。お正月といえば松飾り、松の床活け、松の軸。祝いごとを連想するごつごつした松にうんざりしていた。あの松の葉へのおどろきを忘れて、いつのまにやら既成観念で松をみるようになっていたのだ。

けれど、ある年の冬、大雪を支えている松のきらめく姿をみてから、私はまたあらためて、松を大切に思いだした。自分で留袖を頼んだときも、一本の松を膝前にすっとたててもらうように頼み、それは十八、九歳のころからいまにいたるまで、えんえんと役に立っている。いまだにそれを古いとは思えない。その留袖で幾度も晴れの席につらなったわけだが、いつも、そのきものを着ると、自分の足もとから一本の松のさっと生《お》いでているのを感じる。常緑とはいえ、松のめでたさはあまりわからないが、松のよさ、美しさには文句がない。

日本全土をおおう松は、日本の美学のひとつの基本であった。おなじ松を描くにも、その時代時代によって、かわった形がうまれている。松をどう描くかは、日本の古今の美術家たちにとって、たいそうむつかしい課題だったことであろう。ありふれた画材であるだけに、個性的に、また美しく、実感をもうちだして描くことは、凡に似て非凡の力量を必要としたのであろう。尾形光琳《こうりん》の松が、永遠の松の形となりえたのは、いかにも非凡の裏づけがあったからだ。

いまの私はまた、二、三枚の松葉を懐紙にのせて部屋に置くだけでも、新鮮な祝福を覚えている。松の美しい日本全土に、どのような魂の生き、動く現代であるのか。私は私の松の美学を「その松とつきあう、いまの人間」といった形で考えるより、よき方法をしらない。未来の松がどのようなデザインとして表現されるか、それはいまのありようがきめてゆく。

鏡の子

■底深い輝き

「まあ……こんなによく見えるものなんですか……昔から……」

なんと、清らかな銀いろの面なのであろう、おそるおそるとりあげたご神宝の鏡、山本竜氏作の、かやの木にからすをあしらった六寸鏡をそっと裏がえして、その面をみつめたとたん、思わずおどろきの声をあげてしまった。

それは、あの、夜空を渡る月に似ていた。

むし暑い日の京都烏丸《からすま》六条。通りに面したさわがしさも、いささか暗い部屋なのも、一瞬忘れた。思いもかけぬはるかな月に、まともに近々と顔をみられた面映《おもは》ゆさ、はっと鏡を伏せてしまった。胸がどきどきする。

けれど、しばらくたつとまた、その鏡の面をのぞいてみたくなる。とぎ澄まされた銀いろの面に、ありありとうつしだされるわが姿。この美しい面にうつしだされるには、あまりに不用意な自分なのだが、かといってそれを避けるわけにはゆかない。陰深い鏡の面をみたく思えば、その中にうつしだされる自分の影を、みないわけにはゆかないのだ。

金属でつくられた鏡の面が、こんなに底深い輝きにみち、このようにけざやかに対象をうつしだすものだとは、想像外のことであった。

正倉院や、博物館で、古い鏡の数々はみている。古墳からの出土品や『古事記』『日本書紀』などの記述からみても、人間が鏡を持ったのは、ずいぶん昔のことなのにちがいない。五鈴鏡《これいきょう》を腰にした素朴な埴輪《はにわ》の写真が、『古鏡《こきょう》』（保坂三郎著）にも収められている。なんといっても貴人でなければ持つことのできない、貴重の品だったのだ。

その鏡の背には、さまざまに意匠を凝らせた模様や細工が刻まれている。『和鏡選集』『漢鏡選集』などの写真集にも、図案風や写生風の鏡の背が並んでいる。漢鏡には霊獣が多く、和鏡の、藤原以降には、風景図が多くなる。いずれも、その背ばかりを鑑賞するわけだ。

しかし、私が長い間、ずうっとあこがれつづけてきたのは、その面であった。時折り、仏像の線彫りのみられる面があるが、ほとんどさびたり、曇ったりして、鏡といわれても、そんな気のしない古ぼけた品ばかり。青銅、白銅、鉄、正直な話、汚ならしくぼろけた古鏡の背を眺めて「果たしてこれが鏡としての実際の役に立っていたのであろうか……」との疑問を離れることができなかった。

ともかく、古人がその面影をたしかめ暮した鏡の面を、私も眺めてみたかったのだ。「ほんとに昔から……こんなによく見えたのかしら……これだけすっきりと見えたのならね、申し分ありませんね」

いくたびもいくたびも、鏡の面を見直し、ためつすがめつ同じ声ばかり放っている私をやわらかな微笑で包みながら、竜氏は「そうです、そうです」とうなずかれる。それでも、きっとおぼろにぼやけてみえるのだろうと、勝手に思いこんでいた私は、どこか半信半疑である。

生まれてからこれまで、あきらかにすべてをうつすガラス鏡になれてきた。平気で、あきらかなガラス鏡の前にたち、いよいよあざやかにうつれよと鏡を拭き清める私なのに、この、いまのときめきを、どう思えばよいのであろう。

意外にさわやかな金属鏡のきめ細やかな面にうつる、透き通った映像……私をみる私の顔がそこにあるのに、はにかみながらも、まるで『松山鏡』の娘がその亡き母を偲んだようすに、古き先祖の女性たちを偲んで心ふるえるのだ。

歴史に連想される各時代のありようもおもしろいし、明治初年「びいどろ鏡」が一般家庭に普及するまでは、どの家庭にも唐金鏡《からかねかがみ》がゆき渡っていたのだから。

「おなごさんの持ってはったのは、質の悪い材料のものが多いんで。大衆的にできるものは、どうしても細工の楽なものということになりましてね」

■自分との対面

泉鏡花の「註文帳」に朱総《しゅぶさ》つき錦の袋入りの鏡一面、念入りにと研《と》ぎをたのまれる鏡研ぎ師の、話がでてくる。江戸時代の名残りをひいた鏡研ぎも、びいどろ鏡の普及で、ばたばたと転業をよぎなくされた。そのとき、わずかにのこって、宗教的な需要、ご神体、ご神宝などをつくっていた山本先代から、いまの竜氏へ。京都府では伝統工芸優秀技術者として表彰、甥の八郎氏を後継者に育ててもらっている。

竜氏は、それまではとくべつな意識を持たないで鏡研ぎをしていらしたらしいが、昭和二年（一九二七年）、帝展をはじめてみてショックを覚えた。その工芸部門をみているうちに「これはいままでのようなことではいけない。頑張っていい仕事をしよう」と発奮した。

「あの時のうれしさは忘れられません。その時はじめて自分の心が決まったわけで」

それから、身を入れて、いっしんの鏡づくり、鏡研ぎ。

鋳造された鏡の面は、まずやすりをかける。そしてせんを使ってやすり目をとる。何種ものせんでこなしたあとを、砥石《といし》で今度はせん味をとる。その上をさらに朴《ほう》炭で面の目をおろす。そして水銀を、金の地肌の目に象嵌してゆくような気持ちでとぎ仕上げる。

水銀研ぎのできる人は、もうここにいるお二人だけなのか、江戸期の明治初年廃品となった古鏡が、たくさん集まっている。

かつては、いずれもよくみがきこまれて、さまざまの面影をうつし、その生活をもみた鏡である。私も、時代物の蒔絵の鏡台を日常使っているが、この八寸の丸い鏡で、じゅうぶん用は足りる。合わせ鏡は六寸。分厚い丸いガラス鏡に入れかえられているので、長い間、柄の意味がわからなかった。

ある日ふと、ここへはめこんだ金属の柄鏡を、上からの板柄で支えるようになっていることに気がついて「なるほど、だから山内一豊《やまのうちかずとよ》の妻は鏡の裏から金子《きんす》をとりだすことができたんだわ」

と、のんきな会得であった。

姉は三面鏡がつくられはじめたころ、たちまち三面鏡をほしがって、婚礼にも三面鏡を持っていった。三面鏡すなわち、近代生活の幸福というイメージなのか。

この八寸の丸鏡の中で、あの大きな髪を結い、袘《ふき》を重ねる身じまいをしてきた過去の女性たちにくらべて、ぜいたくに鏡の使えるいまの女性たちの方が、たしなみがよいというわけでもないだろう。あるいは……鏡の中でとらえうる姿が、ほんの部分にしか過ぎないことをわきまえている……方が、心こまやかに身支度できるのかもしれない。

たとえ、八面れいろうの鏡の中に立ったとしても、人間は自分の姿を自分ですべてみることはできない。ときどき、鏡の中の自分に「これが私ということになっているひとりの女の顔かたちなのか……」とつくづく見入って、その、遠い、あまりに遠いまぼろしにすぎぬ現実を、はかなく思うことがある。

ナルシスのように、われとわが姿に見惚れて水鏡のうちに溺れてしまった美少年。「この世でいちばん美しいのは誰?」と、毎朝、鏡に向って問いかけ「それはもちろんお妃さま、あなたご自身ですよ」という返事がなくては安らげなかった白雪姫の義母妃。鏡を絶対に信じた西洋のお話、その鏡の中を自分だと信じたお話。

鏡はあくまで鏡であり、その中にうつるものは、それはあくまで、ものの影なのだ。鏡を信じることはできても、その中の影像を、実体だと錯覚するわけにはゆかない。自分で見つめることのできないわが部分が、あまりに大きい人間である。

それでも、それまではなにごころなくみていた鏡を、おそるおそる、しかし、むさぼるように眺めずにいられない時がある。男の手の触れた肩、その唇のあとになにが花咲いているのか、それまでの自分ではなくなった自分の外貌が、どう変化しているか、「たしかに女であった自分」を祝福したいような、「女になってしまった自分」を哀惜したいような、へんな気持でいっぱいだ。その気持の昂揚のゆえに冷静な観察なんてとても下せない。でも、それが、女である自分との最初の対面なのだ。

鏡は女の命……といつのほどか言いならわしているけれど、それは封建時代に根強くつくられた武家道徳によって、女に課せられた美徳だったのではないか。髪を結いあげるのは、男も同じこと。いや、昔は男たちの方が、手のこんだ髪を結っていた。

源平から関ヶ原までの闘いも、戦場に鏡を携え、かぶとにたてたり、胴にひそめたりして、それは武器、防禦の楯ともなっている。若武者は薄化粧さえしていた。それこそ、鏡は武士の命……死にとりみださぬ用意の鏡でもあった。

サントリー美術館でみた歌川国貞《うたがわくにさだ》の浮世絵「婦人たしなみ草」は、黒い柄鏡の前で、女がたって、からだを前に折り長い髪をくしけずっているところ。

凡そ婦人に四徳をいふあり。婦徳婦功婦言婦容これなり婦容とは容《うち》づくりをいふ。すべて婦人は髪化粧によりて貞実にも淫風にも見ゆるものなれば婀娜《あだ》めかぬやうに容すべし

などと、上部余白に書き入れてある。「婦人の髪、化粧は親夫への礼なれば取乱さぬように」という教訓である。女は親、夫、子のために、男はもっぱら主君、武士道のために……。いまはおたがいに自分自身を満足させるために、あるいは外部へのPRのために。

帽子のようにいろんなかつらをそろえて、いろんな場合にかぶりわけるのは、古代エジプトの貴族女性のおしゃれだったそうだが、それはいまの日本の現実になった。男たちも化粧品を使える自由を再び与えられ、男らしさとおしゃれは両立する。「化粧しない化粧」のさわやかさもひとつの化粧なのだ。

でも、親や夫への心づかいがうすれたせいもあって、クリップだらけの頭の女性を、夫たちは抱かねばならない。案外、そんなことの気にならない人も多いかもしれないけれども。思いを凝らせて育ててきた若紫を、やっと、はなやかの女君《おんなぎみ》となしえたよろこびもつか

の間、その人を置いて須磨に流れてゆこうとする光君《ひかるきみ》は、鏡にむかってなげく。

身はかくてさすらへぬとも君があたりさらぬ鏡のかげははなれじ

紫はまだ初々しい若妻である。

別れても影だにとまるものならば鏡を見てもなぐさめてまし

涙の目、赤くふくらんでいっそう愛らしい目を、その鏡はうつしていただろう。うっとうしいほど濃く、長く、しかも気品のある髪つきをもっていた紫を、光君はみずからその髪をくしけずったり、そいだりしていつくしんだのだ。愛する者同士、ふたりの顔を並べてのぞきたい鏡である。魂よりそう鏡のあたり、離れがたない思いに、切ながるのは恋人たちの常である。

■櫛さまざま

長い髪は不便なようだが、じつはいちばん便利な髪だ。平安貴族から江戸の髪形が完成するまでの間、垂れ髪は長く女髪であった。裾までの垂れ髪は、貴族の生活なればこそ。働き手の女性たちは、うなじあたりでまとめ紐で短く結んでおく。鏡はなくてもまとめられる楽な髪なのだが、櫛はどうしても必要である。

蒔絵、象牙、竹、鼈甲《べっこう》、水牛、金工《きんこう》など、さまざまに美をくふうした細工櫛ができたのは、大きな髪を結いあげるようになった江戸期のこと。鏡さえなかった大昔でも、櫛はなくてはすまされない。このごろでも地震や火事、火災などですべてを失った人たちが、まずほしい身の回り品は「櫛」だという。

「鏡」を舞踊化したいと熱心な花柳有洸《はなやぎゆうこう》さんは、その鏡の前で千変万化の美しさをととのえられるが、ふだんはバッサリおかっぱ頭。

私は娘のころから髪を切らずにいて、いちばん楽なつげの櫛の櫛巻きをしていた。一本のピンも、紐もいらない。だのに櫛巻きは粋筋の髪だといわれ、もっとも素朴でいようとした結果が、まるで演出でそうしているようにいわれて不愉快だった。

なんとか人目にたつまいとして、パーマネントウェーヴをあててみたが落着かない。やはり、つげの櫛でさらりととき流しておく。

飾り櫛には、なかなか心惹かれるものがないが、実際のとき櫛には見ても見あかぬよさがある。「元文元年当所へ開業」というから、約二百三十年の歴史をもつ上野池《うえのいけ》の端《はた》の「十三や」。その店先にならんだ櫛の、すっきりととのった美しさは、飾り櫛のおよばぬ品位がある。

ニコリともしないで仕事をつづける醍醐《だいご》善次郎氏の膝元は、つげの木の荒切りがいっぱい。ほとんどが鹿児島、指宿《いぶすき》産のつげの木で、三年から十年は乾燥、おがくずをもやして炉ぶしたりして、仕事にかかるまで十分に材を寝かす。とても、インスタントの時代には呼吸が合わない迂遠《うえん》の段どりである。

それが生きる。それが土台というものだ。ろくに基礎づくりをしないで超特急を走らせ、人家もこわれぬ地震や雨でたちまち不通になる新幹線は、基盤のもろい近代化の典型である。せめて、つげの櫛なみに、相当の年月を基礎づくりに専念すべきであった……。

櫛の歯を切ることは手練の業《わざ》だ。のこのほんのちょっとの手かげんで、歯なみがよろけたり、きっぱりしたり。椿油をしませ、歯ずり棒や鹿の角で、みがきにみがいて、つやをだす。見た目にも、その仕事の冴えはすぐわかるけれど、髪を通していっそう、その入念のほどよさがわかる。髪や、頭のはだざわりがやわらかく温かく、はりつめた神経がふと慰められる思いである。

この櫛で、ローレライのように巌頭に腰うちかけて、長い髪をくしけずって歌っていたら、どのようにこころよいものだろう。よき仕事のありがたさは、それを使うものが幸福感を覚えるところにある。この幸福感はブラシでは味わえない。

明治時代から、あの透明なガラス鏡が行き渡りながら、男の子たちは可哀想だった。富国強兵のスローガンに、男たるもの、いっさいの美しさから遠くあってはじめて男らしいというような歪んだ教育を強いられた。戦前までの高等学校の寄宿舎に鏡がなかったということをきいて、呆れてしまう。

鏡なんて女の持物だ、女々《めめ》しい奴だということになったのであろうが、そのくせ、軍隊では鏡によってつねに身を正せといわれたらしいから、その一貫性がない。

ずいぶん堂々としたたいい表情の男性たちが、案外に深い、容貌に対する劣等感をもっている。きけば、それはたいていの場合、母や姉妹などが何気なく、むしろ愛情あるゆえの安心感で口ぎたなくからかった言葉が原因になっている。

鏡をみるのが苦痛なほど容貌に負け目《ひ》を持ち、その負け目と闘った男性の立派さは、深い魅力をもっている。かえって美貌の子ともてはやされた男性に、いやしい表情のみえることがある。もちろん、自分に与えられた美貌と、ゆるみなく闘って、さらにすぐれた美貌の風格を得ている人もないではない。女性は、自分たちだけが美に敏感で、また美しいのだと思いこんで、男の子たちの鏡や櫛への関心をおろそかにしてはなるまい。

第八回国際美術展をみたとき、スペインのエドワルド・サンスの、鏡を使った作品が目についた。割った鏡にレエスなどが散っている。芸術的な作品だとは思えないが、それを「ある社会」と題した発想がおもしろかった。毎日新聞京都支局の亀田正雄氏の話では、デザイン教室に通っているある女性は、

「鏡は女の命だと教えられてきたから、こういう作品にはとてもついてゆけない」

といわれたそうだ。どの部屋にも大きな鏡のとりつけてあるというフランスや、鏡が室内装飾の一部にもなっている外国と日本との、鏡に対する感覚のちがいともいえよう。

鏡はみたましろ。石凝姥命《いしこりどめのみこと》が作ったといわれる八咫《やたの》鏡は、天照大神のみたまとして伊勢神宮に。えんまの庁には照魔《しょうま》鏡。科学的な反映としてより、道徳的な教訓として、貞淑第一を婦徳としてきた時代の流れ、鏡へのおそれが、モダンなデザイン時代とは関係なく、女心にしっかりのこっているのらしい。

私も二十数年前、戦地へ征く許婚者に、朱塗りの小さな柄鏡を、紫ちりめんに包んで渡していた。それを沖縄に着いてからの便りに、ふとした拍子に柄が折れて……と書いてきていた。べつに、その鏡に神意を感じていたわけではなかったのに、なぜか「やっぱり」と心は沈んだ。彼が生還していたら、私の人生はいまとはちがうものであった。どこでどうほろびたかわからないが、彼の骨が風化したあとも、あの小さな鏡は、なお、まるい目のように沖縄の土の下にひそんでいることだろう。それはさびないびいどろ鏡だ。

でも、すでに許婚者との死の破鏡も、結婚相手との生の破鏡も思い知っているいまの私に「ある社会」は、そんなに不愉快な作品ではない。人間はいずれ鏡の子。毎日、曇らぬようふき清めていても、汚れてしまう。どんなに大切に扱っていても、思いがけなく割れてしまうことはある。

こっぱみじんに鏡が割れれば、割れた数だけ鏡がふえたも同じこと。複雑な屈折、繊細な輝き、それまで考えられなかったふしぎな角度がキラキラして、苦悩の果てから、豊かな可能性がひらけてくる。

後祇園会
あとのぎおんえ

■京都人のよろこび

北観音山

総監督一名、監督二名、助監督一名、太鼓方八名、鐘方十六名、笛方会長一名、責任者一名、七名、提灯、夜警……

それぞれ、なんのなにがし、と名前を書きつけた掲示が張ってある。七月二十三日の夕方。ついさきほどまで、雨はまだ相当に強かった。北観音山と銘入りの鐘が、水をためたまま会所の二階に並んでいる。

太鼓方、鐘方、笛方……。

ふだんは商売に忙しい男子ばかりで構成される祭囃子《まつりばやし》。微笑ましく、さわやかだが、今年の祇園会かぎり、どうやらこの後《あとの》祇園会《ぎおんえ》は前祭に合同されてしまうらしい。

祇園祭というと、七月十六日の宵山、十七日の山鉾《やまぼこ》巡行が呼びもの。広島忌はいち早く報道するが、長崎忌は冷淡なへんなマスコミ歳時記に怒りは大きいが、この後祇園会も知られないままである。

私にとって、生まれてはじめてみる祇園会であった。ひとつには昨年秋、京の西に住むようになったこと、ひとつには、神戸労音での松山樹子《みきこ》さん主演「バレエ祇園祭」を観て「祇園祭とはこういう意義のこもった祭りだったのか、ならばぜひ観てみたい」と思ったこと、それに、バレエの原作である小説、西口克己氏著『祇園祭』を読むことができたのも、大きな力となっていた。

今年の春から夏への、冷たい雨の日の多かったこと。この、冷たさと、ひどい雨のために全国的な不幸が起っている。科学の進歩のおかげで、ずいぶん助かっているが、昔ならさしずめ、凶作、悪疫に手もつけられない状態の年であっただろう。

十六日の宵山は、それまでの長雨がカラリと晴れ渡った、美しい日だった。ほんとうに久しぶりのお天気なのと、待ち兼ねていた祇園宵山というので、鉾、山の提灯に灯がはいると、四条界隈はたいへんな人出。翌朝の新聞では四十三万人（京都市文化観光局調べ）とも、七十万人（府警調べ）とも書いている。

いまはもう、世界の京都である。

観光客の集中は当然だけれど、私はやはり、京都人自身のよろこびようを、はっきりと感じた。電車も、くるまも、その通行を止めてしまう四条通りに、ぎっしりと人があふれる。指揮されているのではない自《おのずか》らのよろこび。ひと足ひと足が「うれしい、うれしい」と言っていそうな、よろこびのふっとう。

ふだん、外出して河原町あたりで声をかけられるのは、ほとんどが、九州とか、北海道とか、東京とか、いわば他郷からの旅人たち。京都に住む知人とは、町の中でばったりといったことがあまりないのに、ひしめく群衆の中に、ちらほら、京都の知人の顔がある。

「生まれる前からコンコンチキチンの囃子をきいてきたのですから、どうしてもじっとしてはいられませんよ」

という言葉を、どの人からもきく。祇園会を誇りにしている土着の人びとの、京都市民のはだにもまれて歩く……。越してきて以来、メーデーの次に味わう京都人のエネルギーのふっとうである。

この圧倒的なにぎわいは、おそらく、貴族的な内容をもつ葵祭、時代祭にはみられないものだろう。夏という季節的な解放感があるのかもしれないけれども、もっと深く、伝統的な「われわれのまつり」であるという意識が流れているからではないか。

戦乱は、いつの時代も、一般民衆のよろこびを奪ってしまう。解放感にあふれた大群衆の一人として歩いていると「このエネルギーのふっとうを、どういう方向に向けていくかが、われわれ自身にとっての大事な課題だ」と思わずにはいられない。

祇園囃子と、駒形提灯の灯、夜空を突き刺すようにのびている長刀鉾《なぎなたぼこ》、月鉾、函谷鉾《かんこ》、菊水鉾……。

船鉾の組立てをする大工の棟梁も、月行事である長老も、混雑のなかのゆかた姿ながら、ちゃんと扇を前に置いてご挨拶、ちょっとした、そういうところに、京の優雅さが香りのように匂う。

小さい車輪でも、私たち人間よりはその直径が大きい巨大な鉾を、釘を使わず、木の栓や、はり金、縄などで、しっかりと組み立てる。どこにわずかな手ぬきがあっても、それと気づかず巡行すれば、大きな事故になるだろう。裏方のなかでも、何より大切な基礎担当者なのである。

幼いころから自然に教えられ、先代の技術をうけついで育ったという棟梁は、壮年でまだまだ未来ゆたか。淡々としていい表情である。

「祇園さんの人気は、年々観光的にたかまる一方どすけれど、こういった大切な裏方さんの将来が、つづいてゆくかどうか……。代々、大工を業として、この一年一度の伝統行事をも支えていってもらえる家は、少のうなるばかり、前途は心細い気がします」

長老もやさしく愁わしげである。

もう、今年から、前後祭を一本にしようという意見もあったそうだが、前祭を支えて、また後祭も手伝うといった支え手の問題や技術面、交通の統制などで、一応、見送られたらしい。しかし来年からは全部の山鉾が集まって、諸方から集まる人びとの観覧に供することになるという。なにか、大切なものをおっことして観光目的にのみ、すべての努力がむけられているようで、むなしい気がしないでもない。

「信仰的な意味は、だんだんうすれてしまって……他信仰には絶対に協力しないという新興宗教にはいっている人もあります。近代人は、個人個人の生活を守るのにせいいっぱいで、とても祭りの負担が重い。それに、観にくる人は無責任にわっとくる」

もう、信仰的な意味ではムリというものだ。けれど、昔だって、あながち信仰にばかり従っていたのではない。京町衆の力をおそれた権力者の弾圧によって、祇園祭の神事をさしとめられた時、神事これなくとも山鉾渡したし。

と言いきって、堂々と山鉾の巡行を果たした町衆の先祖である。簡潔にして美しく強い意志表示。ともすれば、権力の手によって右左する神社は、どうかご勝手に、私たちは、私たちで、自分たちの心意気を高くうたいあげまする……といったところだ。誰のためでもない、京町衆自身の意気の行進なのだった。

人出のピークをすぎ、人影もやや少なくなった十二時ごろ、八坂神社の石段をおりて西へまむかう。各鉾の名を入れた高張提灯をもち囃子を奏しながら、囃子方が行列してくる。これは明日の巡行の晴れを祈る「日和神楽《ひよりかぐら》」とのこと。だが、残念なことに、巡行日は雨。

あの広い御池《おいけ》通りを十三基の山、七基の鉾のずらりと並んですすむありさまは、壮観だった。ビルの八階の窓あたりまでのびている鉾先。見通しのよい御池なればこそ、遠くから並んだ鉾行列をみる新視野もうまれ、それはそれなりに見事である。しかも、高層の窓や屋上から見おろすといった方法のない時代、狭い低い家並を圧して動くのを見あげるときめきは、暑さも、憂さもふきとばすものであったろう。

ビニールをかけられたため、上びかりして美々しい胴巻や見送りの織物は、ほとんどみえない。雨のために、見物人もわりに少なく、涼しい巡行で気勢があがらなかったようだ。

そしてそれから京は、またしてもずっと雨がつづいた。

■まことの敵は

文庫本にでもなって、祇園祭を観る人のすべてをはじめ、ひろく一般の人に読まれたいと願っている小説『祇園祭』には、天文元年（一五三二年）から、天文二年（一五三三年）にかけての京の町衆の自覚、自治自立へのめざましい展開が描かれている。ながながと続いた応仁の乱、一向一揆とよばれる土一揆や、大火、略奪につぐ略奪。幕府は都を棄て、管領《かんれい》はなんのたよりにもならないどころか、町衆をさらにむさぼろうとする。焼けのこった町も、焼けあとに復興した町も、たがいの連帯意識を強くし、自衛しなくてはいられない状態である。

同じ京の町の人でも、物持富豪である土倉、酒倉衆と、中流の商家、手工業の職人、また、賤民とされた河原者やつるめそ（弓弦などを作る人）などと、たがいに蔑視や反感や利害関係に歪められていた。幕府に「徳政」を願って一揆を起す農民や馬借《ばしゃく》（馬方）、車借《しゃしゃく》（車方）などの手で、京の町を焼かれたり略奪されたりするのと闘うため、その町衆が結束して法華一揆《ほっけいっき》を起す。

しかし、主人公、笹屋新吉の目と心を通じて「敵は一向一揆を起した農民や馬借たちではなく」彼等がいくら朴訥に働きつづけ、働いても働いても年貢や凶作におわれ、切端つまって京へおしよせ訴えずにいられないような目につきおとしている幕府や、管領の無責任なやり方であることが、鮮明になってくる。

苦しむ者同士に同士討をさせて、「苦しめている力」そのものは高見の見物。ほんとうは仲間として、ともに助け合わねばならぬ者同士が、ギラギラ憎悪にもえ、仇敵となって殺し合うことのまちがいを、新吉は、権力と闘い、旧通念と闘い、差別観念と闘いながら、身をもって自覚してゆくのだ。

姿のわからぬもの、まことの敵……人民たちの個の意識が強まり、その、自覚ある個の決意ある集団をおそれるものこそ、敵とすべきものなのであろう。遠い世ではない。どの時代にも、そして現代ただ今でも、敵を何よりよろこばせる味方同士の闘いが、ともすればくりかえされている悲しさ……。

後祇園会は屏風祭《びょうぶまつり》ともいった。家ごとに表から中庭あたりまできれいに敷物をしいて、伝来の屏風を出して陳列、花などを飾ってあったという。いまも二、三みられるが、封建的な因襲にとらわれがちな京の町家が、個人所有の美術品を、見ず知らずの人にでも気持よくみせるというのは、文化のたのしみ方として洗練されている。やはり、鉾や山に、すぐれた美術品を飾って気をはいた京町衆の美的感覚や、度胸が、こういうところにもでているのであろう。

財産誇示かという見方よりも、やはり、せめてお祭りの宵山なりと、みんなでいっしょに鑑賞をといった、一種の視覚提供とみたい。このごろは、展覧会ばかりで、美術品にあきあきしているかもしれないけれど、昔、一般の働き手はそうざらに、これだけの美術品を一度に眺める機会などはなかったのだ。

時代は、町の背景をかえる。生活の方式をかえる。経済の動きをかえる。いつまでも昔ながらの屏風祭を期待する方が無理なのか。危険防止の意味も、税金防止の意味もあるそうだが、それよりも、この問屋街も、ほとんどが会社組織であり、生活は郊外でいとなんで主人だけが通ってくるところが多い。そして表の間も、事務所風に改装してある。今日は休みではなく、呉服、織維の生産問屋街では、すでに「秋もの」忙しさの最中なのだ。

鯉山をみせてもらっている時に、稚児《ちご》まいりがあった。美しくお化粧をして冠をつけ、女の子のように緑地の振袖、紫ぼかしの袴をつけた少年が、二人の少年かむろを従えて、山にまいるのだ。この祇園会の稚児になると、百万円ほども費用が要るので、なかなかなり手がないそうだが、連日の行事で、そのたびの衣装代やご祝儀に、たいへんな金子がいる。神事をつとめている間は、母や姉妹でも、女手の世話はさせられないそうだ。

べつに古来の風習にいいがかりをつける気はないけれど、百万円もを必要とするこうした稚児儀式は必要なのだろうか……さし迫る原爆忌に、せめて原爆ドームの保存だけはと気になることが、ふっとよみがえってくる。祇園祭はますます盛大であってよいが、それは、どの時代にも、時代そのものの希いに鈍感であっては困るのである。小説『祇園祭』のあとがきにもあるように「祇園祭は、われわれ祖先の偉大な平和行進」なのだから、それを前進させる内容であってほしい。

たしかに愛らしく美しいが、あの「日和神楽」や、山のお守りのせわをしている少年たちのような、ういういしいあどけなさを奪われている。いささか、いたましい気さえ、するのである。

■歴史をうつす

鯉山の会所には、白麻のきものに黒紗の紋付羽織といった町内の人びとが、天気を案じ明日を案じながら、つめかけていた。ここはずらりと金の波しぶきの欄縁《らんぶち》を並べ、フランスから舶載のゴブラン織の壁掛がかけてある。

パリ、ゴブラン家創始の重厚な織物は、歳月のいぶしを着ていっそう深々としている。たいまつをかかげもつ従者、遠くにも聖火のようなものがみえる。凱旋将軍夫妻だといわれるその男女の表情が、浮わついたものでなく、色彩も落ち着いている。

「これだけの豪華な品を、私たちの先祖はいのちがけで、交易してきたんどすなあ。そら、えらいもんどす。鯉にしても、その鳥居にしても、ひとつひとつ部分品にていねいな説明がついてて、うっかり、右と左とまちがえたら、もう組み立てられまへん。昔の人のしやはることは、ほんまに立派どす。えらいもんどす」

なるほど、小さな鳥居も、朱の塗りといい細工といい、よくできたもの、牛頭《ごず》天王を祀った宮殿めがけて川をさかのぼろうとする鯉、左甚五郎《ひだりじんごろう》作と伝えられる大鯉も、ひどくなまなましくヒレをはっている。登竜門の縁起は、よく人に知られているところ。中国の竜門は黄河の急流。鯉が、そこを登りうれば、竜となりうる難所なのだ。鯉と竜とが結びつくあたり、まったく中国的なたのしさである。

この間、奥嵯峨の川魚料理で、鮎の焼けてくる間、目の下によどむ小さな池を眺めていた。刻刻とたそがれてくる夕暮で、しかも長雨のあとの池はすっかり濁っている。だが、相当たくさんの鯉がいるらしい。ぼんやりと色の固まりが、表面ににじんでみえるのである。

時折り、ばしっと表面におどりでる鯉がいる。時には半身、時には全身、水面から十センチほど尾が離れていることもある。何を思いつめて、あのようにとびはねるのだろう。その、空中に、天をさしてとびあがる鯉の、一瞬にして沈んだ波紋を追いながら、中にうごめく鯉の心を考えていた。

よく見ると、鯉は、水中でもあちこちではじけていた。はねたところが水面近くで、白い腹をみせて急角度にまた降りてゆく。鯉のいのちのはじくありさまは、空中、水中にかかわりないのだった。深部からつきあげてくる衝動に耐えられないように身もだえるその激しさ。この、おだやかの不透明な池にいれられている鯉のいらだたしさ。そのくせ鯉は、まないたの上にのせられると、びくともしない覚悟のよい魚だともいう。竜門までとぶように、流れにさからってのぼってゆく鯉が存在することを、信じたい。

さびしく、しみじみした宵山であった。が、夜半の雨音も、夜が明けてみると、真夏の日照りである。寺町三条角の、老舗三島亭にすわらせてもらって、この道は最後になるかもしれぬ巡行を待った。囃子、投げちまきの北観音山を先頭に、橋弁慶山、八幡山、浄妙《じょうみょう》山など、かつぎ山がつづく。元来、かつぐようになっている山なのに、このごろの労働形態がすっかりかわって、肩を使うことは無理になったとか。やがて、全部の山は、ひき山になるであろう。

なつかしい大鯉のとびはねている鯉山のかつぎ手の真正面に、昨日、会所にいた青年がいた。汗みずくで、きよらかな男の若さを輝かせている。来年は、この八基も加えた壮大な流れを組んで、三十基のひとつ巡行になるのだ。しかし、三島亭のお嬢さんのように、

「お祭りがきらいで、いつでもしぶっていたのですけれど、やはりもう、この後祇園会がなくなる……と思うと、胸がしめつけられて」

の気持も、ひとしおである。

柳枝を垂らせた南観音山を見送って、たちまち白炎の夏のきている現実にひき戻される。貞観《じょうがん》十一年（八六九年）の悪疫流行に際して住民たちが、六十六本の鉾をつくって神泉苑《しんせんえん》へおくったのが、鉾の最初であり、祇園会の起りであるということなので、その神泉苑へよっ

てみた。

寺町四条の八坂神社御旅所《おたびしょ》に、きらびやかな三基のみこしが並び、おみくじが花のように金アミに結ばれていたのとくらべると、何ひとつないしずけさである。ここ神泉苑は、祭りの当日にも人びとからはかえりみられず、ただ歴史をうつしてきた池水だけが、さざなみをたてているだけだった。

地獄絵図

■人間自身の地獄図

みるからにおそろしい忿怒《ふんぬ》の表情、目をつりあげ、口をかっとひらいて、きびしく罪人たちをといつめている閻魔《えんま》大王は、まことは、とてもやさしい慈悲心の持主なのだそうだ。

そんなこととは知らないから、幼いころにしみついた閻魔王への恐怖は、長い間、心にのこっていた。女学校で、先生たちの持って歩かれる小さな帳面を「閻魔帳」ときいて「なんていやな名をわざわざつけてあるのかしら、センスのない話」などと、ふんまんやる方なく思ったものである。

なんとか、自分をよく思ってもらいたい間は、閻魔王はこわかった。なんといっても「嘘をついたことが一度もない」人間はいないのである。悪しき心を持たぬ人間はないのである。たとえ、自分の悪心とたたかい、嘘をつこうとする気持とたたかって、よき心になりえている人でも、「人を傷つけまいとして」あるいは「守らねばならぬものを守ろうとして」真実を言わないことがあるだろう。言えないことの多い現実である。

地獄の釜の蓋がひらく……地獄もこの日ばかりはお休みで……といわれてきた旧盆の十六日、その地獄図が滋賀県坂本の紫雲山聖衆来迎寺《しうんざんしょうじゅらいごうじ》で展観された。地獄図というよりは六《ろく》道図《どうず》十五幅の年一回の開陳は、六道会《ろくどうえ》となっている。

現世での苦痛や問題に追われていて、久しく考えていなかった地獄の様相をみると、なにか、なつかしいような親しいような、そのくせ、はだに粟だつような、深いかなしさにひたされてくる。この地獄が、他ならぬ人間自身の考えだした地獄であることを、痛切に感じるからなのであろう。

写生もある。が、それは地獄という異郷の写生ではない。現実の写生なのだ。人間の想像できるあらゆる惨苦の状況、心象に思い浮かぶ数々の残虐、それが地獄図なのだ。

六道《ろくどう》とは、すなわち地獄、餓鬼、畜生、修羅、人間、そして天上の六界。それが、十五幅にわたって、克明に描かれている。残念なのは、真品は東京や京都、奈良、などの博物館に委託されていて、やっと三幅だけが、この日だけ借りてきた形で、べつのところに展覧されていることである。本堂に、ずらりと並んでかけられているのは模写で、文化年間（十九世紀初期）、この寺に四、五年滞在したといわれる白雲洞貞幹《はくうんどうていかん》という老画家の作だといわれる。それでも百五十年は昔の作品である。

第一、閻魔王界罪科軽重 決断所図《えんまおうかいざいかけいじゅうけつだんしょのず》。

「閻魔大王は本地地蔵菩薩にして、内心慈悲の思を凝らし、吾等衆生を憐れみたまう」

だが、なんとかして衆生を救けたいと思っている大王の意に反して、

「衆生娑婆に在りし頃の癖去らず」

なんとかうまく自分の罪を逃れようと、言葉をこしらえて卑劣な逃げをはるのである。

そのため、ついに「浄玻璃《じょうはり》の業鏡」に照らしだされる真実の行動とのギャップに怒る大王の判決によって、その行先を決められてしまう。

見通される……ということを、人はいやがる。とても仲の良い母娘なのに、娘さんの方は「あまりに何も彼もお母さんが知っているし、わかってしまうので息苦しい」と、腹をたてる。「黙っていても、思っていることを察してくれる人なんて、そうざらにはいないし、とても安心じゃないの」という点もあるけれど、自分を自分以上に知っている人があ

るのは、いささか、つらいものかもしれない。

けれど、わかろうとつとめているつもりはなくても、わかってしまうことはある。見通されるれる側もかなわない気持だろうけれど、自然に見通してしまう側だって、苦しいものだ。わからないままであった方が、楽といえば楽なのだから。

ただ、双方に深い愛があって、はじめて高度な呼応となりうる。得がたい信愛の境地を創りだそうとする愛の必然は、数々の苦境なしには存在しないのだろう。人間のかなしさ、黙っていても真実の察しのつく場合もあり、また、わからぬままの誤解で通ってしまうこともある。

いかように虚言たくみに世渡りしてきた人でも、せめて閻魔の前でだけは、純真率直になった方がよいのだが、もはや、その純真を失ってしまったところに悲劇がある。素直であらねばならぬ唯一の相手が、その機会が、わからないまでに、虚言にまみれているのである。

人間が人間を裁くということのおそろしさは、いまでも数々の事件の裁判にみられる。人間界における裁判のおそろしさは、判決を下すのが閻魔ではなく人間であり、虚言もまたまかり通る上、その時代時代によって、時代背景の圧力、目にみられぬ糸のからくりもまた、大きくちがってくるからだ。真実が必ずしも認められない不幸が、人間裁判をおそろしくしている。この絵の創られた平安中期の罪と刑罰は、この地獄図そっくりであったにちがいない。

第二、等活《とうかつ》地獄《じごく》殺生《せっしょう》為《い》罪科《ざいか》図《のず》。

この地獄は「地下一千由旬《ゆじゅん》に在る」という。

亡者たちは、たがいに相手をひき裂こうとして、つかみ合っている。細くのびた爪がわずかにのこった肉にくいこみ、ひき裂き合って骨ばかりが残るのである。獄卒がやってきて、その残骨をも、みじんに粉砕してしまう。

「しかるに冷風吹来るか獄卒の鉄杖を以て大地を打ち『活《うき》、活《いき》』と叫ぶと」

その散りしいた肉や骨が、たちまち集まってもとの肉体をもち、またしてもたがいにつかみ合い、ひき裂き合うのだという。

「同じ苦を味わいて幾万年をしらず」

この再びもとの形に戻るというすごさに、思わずぞっとしてしまう。このようにして、第三、黒縄地獄殺生偷盗者罪科図。
第四、衆合地獄殺生偷盗邪淫罪科図。
第五、無間地獄四重五逆者罪科図。
第六、餓鬼道飢渇苦図。
第七、畜生道禽獣虫残害図。
第八、修羅道常論闘図。
第九、人道九不浄相図。
第十、人道生老病死四苦相図。
第十一、人道生別死別風火水不慮難図。
第十二、山海空市無常相図。
第十三、殺父業因念仏功力図。
第十四、念仏証拠滅罪昇天図。
第十五、天道勧楽五衰相図。

とつづいている。

■来迎図

どれにも、むごたらしい様相がとりあげられ、盛りだくさんなので時間がかかってなかなか動けない。

「どうせな、誰も極楽へいける人なんかあらへん。みんな、地獄行きばっかりや」

すわってみている背中の方で、土地の人らしいお婆さんが大声で話している。今日ばかりの開帳に、土地の老男女のお手伝いがあるらしい。

この聖衆来迎寺は、もと、伝教大師《でんぎょうだいし》が地蔵教院をつくったところであるが、長保三年（一〇〇一年）横川《よかわ》の大徳、恵心僧都《えしんそうず》源信が、この地で水想観を凝らした。琵琶湖の水面にひたとむかい合って、極楽の境を思い集中していたところ、紫雲たなびく中に、弥陀聖《みだしょう》衆《じゅ》の来迎《らいごう》を感得した。それによって紫雲山聖衆来迎寺と改称し、浄土教説による念仏道場にした有縁の勝地なのである。

恵心僧都作の来迎図のすばらしい軸を、高野山の霊宝館でみたことがある。あのきりりとひきしまった、知性あふるる丸い各菩薩の表情、中には匂やかに笑っている聖衆《しょうじゅ》もあって、阿弥陀如来の気品といい、全体の構図といい、申しぶんのない大幅《たいふく》だった。

恵心僧都作と伝えられる名画名作像はずいぶん数多いが、いずれも決定的にそうだといいきれるものはなにもないらしい。

この、六道図のうち、閻魔王界や人道生老病死など三幅は、真物《しんぶつ》が客殿の奥の一部屋にかけられている。山中忍海《やまなかにんかい》ご住職のお話によると、恵心《えしん》僧都が『往生要集《おうじょうようしゅう》』を完成して円融《えんゆう》天皇にみせたところ、この本はたいそうありがたいが、御所の中の女官たちにはむつかしいから、絵にあらわして描いたら、わかりよくてよいのではないかといわれたそうだ。そこで恵心房は七日間入定して思考を練り、巨勢金岡《こせのかなおか》に指図してかかせたものだと、言い伝えられているらしい。

けれど、金岡は平安初期の画家なので、時代が合わないから、多分、巨勢弘高《こせのひろたか》だろうとのこと。『往生要集』の完成は、花山帝《かざんてい》になってからということになっているから、厳密な考証は、はなはだむつかしい。ともかく、『往生要集』は、一切衆生の念仏往生の功徳を問答体でつづったものだが、それを、源信自身ではなく、巨勢派の画家に描かせたということは、たしかなようだ。

あれだけのすばらしい二十五聖衆をひきつれた弥陀来迎図の描ける恵心僧都なのだったら、心に思いうかぶそのままを、自筆でかかれてもよかっただろうが……。

それは、やはり、全然、模写作品とは、画格《がかく》がちがっていた。千年近い歳月に、渋く沈んでいる色彩、そして、人物もすこし小さく、ずしんと重みが備わっている。この立派な画幅が真物ばかり十五幅並んでかけられたら、どんなに迫力があるだろう。

この絵を宮中に納め、女官たちにもみせたところ、夜な夜な、罪人を苛責する声や、泣きまどう亡者の声が殿中にひびきわたって、女官たちも悲鳴をあげ、大さわぎになったと伝えられる。こんなおそろしい絵は、宮中におけないので、僧都に戻され横川に守られていたのであろう。

なるほど、水想観にうってつけの、水辺の寺である。昔は、波打際からまっすぐ参道になっていて、沿岸、対岸の住民たちも、舟で来迎寺へまいってきたのだ。いまも、小さな舟が二、三艘、簡単な栈橋の杭につないである。

■戦火をのがれて

この真正面に、近江富士といわれる三上山《みかみやま》が、きれいな三角をみせている。今日は曇り日で、あまり判然としないのが残念だが、はじめてこの地を訪れた半年ほど前には、とても綺麗に浮き出ていた。なにげなく、山門を入って、まっすぐ開山堂を拝み、くるりとふりかえると、門の中に真正面に、対岸の三上山がみえたのは印象的だった。

この入江は、来迎寺参詣の港であった。近江の正倉院とよばれるほどに、立派な宝物の数々を有している来迎寺である。太平洋戦争の際も、寺宝を大切に荷づくりして、より辺鄙な各地へ避難させていたときく。

波打際からずっと参道だった時は、さぞ美しかったことだろう。舟にのっていて松並木の参道のみえてくるうれしさが、しのばれるようだ。現在は工場がたっていて、湖岸ぞいの道路から参道がはじまっている。それでも、穴太《あのう》づみの石垣、美しい土塀の、いい参道である。

山門は、明智光秀の坂本城の城門を移したものといわれ、ここには、その他にもさまざまなゆかりが言い伝えられている。たとえば佐々木高頼の子高信が、横川で修業の上、当山住職真玄《しんげん》上人として中興の祖となったこと。また元亀元年（一五七〇年）、織田信長と朝倉義景の坂本合戦となり、朝倉勢には叡山も味方して信長方は苦戦だった。信長方の将、森三左衛門可成《もりさんざえもんよしなり》は少ない兵で善戦の上、戦死する。その屍を、当時の住職が探しだして、寺内に手厚く葬った。

そのためか、翌年（一五七一年）の叡山焼討ちにも、この寺は、そっと見のがされ助かったという。激しい信長の焼討ちで、大方の叡山宝物も炎上してしまったのだが、横川と来迎寺の因縁が深かったため、霊山院の宝物だったこの十五幅が、あずけられたのであろう。そして、あずけられたまま、ここのものになってしまったようである。

そういえば、あの高野山の大幅も、どうして浄土教のものが高野山に……と思う私たちにむかって、叡山の焼討ちのときに、これだけは焼いてはならぬと、いのちがけで運んできた僧があった、また、秀吉は、それを含んで見のがしたからこそ、いまこれだけの名幅がのこりえているのです……と、説明されていたのを思い出す。

本堂は棟たかく、薬師棟とも、くずし棟ともいうそうだ。寛文二年（一六六二年）の大地震では、礎石から二尺五寸も柱がずれてしまったといい、このあたりは二、三年ごとの大雨大洪水になやまされもする土地だった。大地震や、洪水に対処して、思いきって石廊下にしているのがめずらしい。洪水の時は境内にも舟がはいってきた。洗堰《あらいぜき》ができるまで、天然の災害にもさらされていた観がある。

それにしては、立派な客殿にのこる狩野探幽《かのうたんゆう》署名入りの襖絵や、軸をはじめ、あまたの美術品がよく無事にのこりえたものだ。六道会開陳とともに、古文書や古器物、秘宝像などが並べられている。客殿御座の間にかけられていた張思恭《ちょうしきょう》作、「楊柳《ようりゅう》観音」画像は、情したたるばかりの清艶さである。探幽の維摩《ゆいま》、文殊《もんじゅ》、普賢《ふげん》の図もいい。

湖中のひとところが輝くので、その中を調べて得たという作者未詳の「閻浮檀金薬師如《えんぶだんきんやくしにょ》来《らい》」も、三十センチばかりの小像だが、紫金に輝く見事な作である。いずれ、湖中を渡る最中に風水の難に遭った貴人の持仏であったのだろう。書院の庭園には秀吉移植の蘇鉄《そてつ》がある。心をつけてみれば、どこにも趣やゆかりがひそんでいる。

■現代もまた

この一日もはやたそがれようとして、お手伝いの人びとは奥の方から片づけはじめた。また本堂の表にかけられた十五幅に戻って紅蓮《ぐれん》の炎もえ上がる、無間地獄図《むげんじごくず》に見入る。無間地獄とは、

此の地獄中の最大地獄にして、他の七大地獄に比するに二千倍して間断なく苦を受け
無量劫の間際限なし

とある。

無間地獄行きの火の車が、小さくしぼんだ亡者をのせて走っている。じつに、二万五千由旬《ゆじゅん》を隔てて早くも、阿鼻叫喚がきこえてくるという大地獄なのだ。

そして一幅の上部の火炎のうちに、まっさかさまになった亡者が、矢のように落ちてきている。黒闇の虚空を落下して二千年を経て、はじめて着く。火炎に皮膚は焼け、口に入れられる熱鉄丸によって内臓を焼かれ、おびただしい大蛇は毒火を、毒蜂は毒炎を流すというから、すさまじい。

地獄相は、仏法の渡来とともに日本に渡って人びとの間に、畏怖をもって普及したものであろう。『日本霊異記』には行基をそしったために九日間、死の状態になり、閻羅《えんら》の闕《みかど》にいって地獄の責苦を味わった智光《ちこう》という沙門の話がでている。やはり、熱柱を抱いて、骨瑔《ほねぐさり》になったのを、獄卒がきて箒ではき「活きよ活きよ」といって復活させながら、だんだん苦痛を増させてゆく。

夢の一種ではあろうが、この地獄意識が、どのように人びとを深く責めつけていたことかと思う。『平家物語』では、入道死去の項に入道相国の北の方二位殿の夢を紹介している。ただならぬ熱病に苦しむ夫の様子をみて、これまでの数々の行跡を思い合わせ、二位《にいの》尼《あま》は入道の、無事の往生を心配したのであろう。

譬《たと》へば、猛火《みようくわ》の夥《おびただし》う燃《もえ》たる車を門の内へ遣入《やりいれ》たり。前後に立たる者は或は馬の面の様なる者も有り、或は牛の面の様なる者も有り。車の前には、無と云ふ文字ばかりぞ見えたる鉄《くろがね》の札《ふだ》をぞ立たりける。（山田孝雄校訂）

盧遮那仏《るしゃなぶつ》を焼いた罪で無間《むげん》の底に堕ちるさだめだが、無だけを書いて、まだ間の字が書かれてないのだといわれて、二位はおどろいて目がさめる。きく人も、言う人も、身の毛のよだつ思いであったのだ。

村上、冷泉《れいぜい》、円融、花山、一条……藤原氏同士の勢力争いの激しい時代である。いずれ劣らぬ美貌と教養を合わせ持った女《むすめ》たちを、後宮にさしだした藤原兼通《かねみち》と兼家《かねいえ》の争いや、女同士の嫉妬陰謀。その後見の動きひとつで、宮中での勢力もたちまち変化してくる。うらみ、怨霊、怪異、安き心とてない次つぎの渦巻き。

源氏物語の舞台でもある平安朝の風雅の下の陰湿陰惨を思うと、この地獄図に、おもわず内心うめきださずにいられない恐怖におびえて女官たちのあげた悲鳴も、うなずかれる。身に覚えのあるおそろしさで、いっぱいなのだ。

原爆の地獄をすでに持った私たちにとって、こうした地獄変は、さまでおそろしいものではなくなってしまった。最近でた「原爆体験記」はもとよりのこと、これまでに見きした原爆関係の書物で、地獄そのものと形容してなかったものはひとつもない。私たちの先祖が極端に想像して描いた残酷図をさらに上まわって、予想もできない人間ぼろの地獄を、人間の手によって現出してしまったのだ。

この模写に感動したある女性が、ぜひ模写してほしいと依頼した画家は、はじめ「こんな模写なんて……実物でなければ」といい、実物をみて、とてもとてもおよびもつかぬと感嘆したそうだ。そして模写作品を模写しているうちに、それさえとても不可能だと、とうとう完成せぬままになってしまったという。そうであろう。簡単に書きうつせる地獄ではない。

天人でさえ、五衰《ごすい》があるのである。

衣服垢穢《くえ》、頭上華萎《かい》、身体臭穢《しゅうえ》、腋下汗流《えきかかんる》、不楽本座《ふらくほんざ》があらわれると、必ず死ぬとされている。その日々の行動に、ほんのちょっとでも、天界に価せぬものがまじると、たちまちそうなるのだから、天界に生まれたといって安心してはいられない。天人としての現状維持ではなく、刻々の天人的心情を創作する姿勢でないと、かるいよごれがたちまち重くしみついてくるのだろう。まして、それでなくても汚穢《おわい》のなかで生きている人間なのだ。日本政府は、かつての人間の想像もつかなかった生地獄を現出させた者に、勲章を与えるほどの感覚麻痺を示している。

いちど、この地獄図と、丸木位里《いり》、俊《とし》ご夫妻の描かれた「原爆の図」をよくみてほしい。芸術的な深さを持つ図の深い残酷への憤りと恐怖は、あらたになるだろう。

おかげで私はもう、閻魔大王に気を遣わなくなってしまった。閻魔大王ならば、そんなヘンな勲章は与えるまい。その代りに鉄札に無間と書いて渡すだろうにと。閻魔王を信頼するのだ。

心つむぎ

それは、なんだか、ぞっとするような感じの、であいであった。

■手つむぎの緊迫

とくべつの期待をもたず何気なくはいっていった個展会場に、しかし、ずらりと並んでいる数十点の手つむぎ織着尺《きじゃく》は、思いがけない強烈さで、独特の言葉をはなっていた。

一点、一点、個性のちがった、けれど洗練された感覚の美しい人びとが立っているようで、その前にたつと、女ながらもふっと胸がときめく。ずいぶん地味な、紺や藍、緑、黄、茶といった色の多い織物なのに、すごい色気を感じさせられる。美しい柄の染め衣装の色気とも、豪奢な刺繍のもつ色気ともちがう。こんなに渋くて、しかも強い、骨のある色気には、軽い甘い気持でつき合うことはできない。一巡して疲れた。

いまから考えると、娘のころの方が、ずっとおとなびた好みであった。手織のつむぎや木綿、結城《ゆうき》や大島は娘時代によく着た。真偽のほどはわからないが、三味線の糸をもどしてつくった繊維で織ったという触れこみの、銀の光沢のある着尺まで、羽織やコートに仕立てて着た。

ごわごわの、まるで陣羽織のように渋い織物など、小娘には過ぎたる衣装であった。十七、八歳が、十七、八にはみえなかった。心にもまったく若さがなかった。いかにも、そのかたく、地味な衣装が、私にとっていちばん安心できる着物であった。

かたい手ざわりの織着を、一尺五、六寸の袖丈に仕立てた私は、可愛らしい絞りや友禅の着物のお友だちにまじると、ひどく不調和であった。母は、やきもきして、やわらかな、娘らしい衣装を着せたがるのだけれど、お友だちが愛らしい着物姿で集まる席へは、いっそうかたくなに、地味な着物が着たかった。どう考えても、気持の素直な、娘らしい娘といえる私ではなかった。いや味な娘……ほんとうにいや味な娘であっただろう。

ところが、その若いときの地味好みのおかげでか、このごろは逆に、やさしく赤っぽくはんなりした着物を、着てみたく思って仕方がない。年齢を重ねてゆくにつれて、大島も結城も、あまり手を通さなくなってしまった。昔の私なら、母とけんかしてでも絶対に着ないわと、だだをこねたにちがいない洗《あら》い朱《しゅ》、草木染《くさきぞめ》の菊小紋や、紅型《びんがた》ふうの江戸解きなどが、身に合うのである。

たまに、渋いものに手を通すと、へんに雰囲気がしゅんでしまって（陰気になって）、気持も冴えない。若い人が着ても、それはそれで十分似合うにちがいないような愛らしさのある着物の方が、自然な気持でいられるのだから、私も、かわったものである。おかげで、どこまでも厚かましく、娘時代の着物が、今も役にたってくれる。

そんなふうに長い間、やわらかものに甘ったれてくるまれてきた自分なので、ふいに手織つむぎ作品の一群のなかにたたせてみると、息づまるような緊迫感を覚えたのだ。手織の味のおもしろさは、つい古風な味わいになりやすいものだが、この作品群には古さや、さびしさや、陰気さはない。

どこがどうといって、言葉にはしにくいような微妙な色の組み合わせ。

縦縞や、横縞、格子、ぼかし織の技術としては、あまり繊細な技巧を凝らした様子がないが、色のとり合わせがみごとである。どうして、この色のつぎにこの色が納まるのか、なぜでてくるのかと、おどろいてしまう。赤と茶と水色など、とり合わせとしては冒険のようなものが、ごくしっとりと調和して、色の万華鏡のように、千変万化とでもいいたい色のうつりかわりを示している。

幾種類も入りまじっている濃淡の色糸が、どれもどれも、いい色なのだ。そして、複雑な手つむぎ糸の起伏の中に、その色の交錯の上ににじみでている輝きが、強烈な色気になっているのである。よほど、気高い女人でないと、うっかりこの着物を着れば、人間はかすんで、色気過剰になってしまおう。

「私はとても、この着物を着る自信はないわ。こんなに美しい色どりの、こんなに輝かしい生地の、こんなに強烈な色気の織物を、着こなせる自分にはまだ、なっていないわ」

どの一枚をも、身につけてみたいと思う。

たとえば、鮮烈な紅濃淡の一反などでも、わが年齢をかえりみれば、着たいなどといえたものではないのに、奇妙に着てみたいのだ。たて糸に使われている何種類もの色が、横糸の色を支えて、影をまし、深みを添えている。さまざまな紅の色がちっとも、いやらしくない。清らかなのである。

だが、そのあこがれのままに、うっかり手を通せば、複雑な縞《しま》の網《あみ》に、たちまちわが野卑な本性をすくわれて、下品な印象になってしまうであろう。この、こぶこぶ分厚い手織着尺を着て、着物に着られない女人、自由自在に着こなしうる女人がうらやましい。まったく、格闘である。おそろしい着物なのだ。

■創造のよろこび

しかし、これを織った作者志村ふくみさんは、ひっそりと秋草のようにつつましい女人であった。

背の高い、色の白い、内部に強靭なものをたたえて静かな秋のお人……次つぎとやってきた台風のために、何度か予定を変更して、やっと近江八幡のお宅をたずねたのは、激しい野分《のわけ》を通過したあとの、明るく静かな秋の一日であった。

むざんなことに、座敷から庭の遠景としてみえる近くの山が、荒れたこわされ方をしている。新幹線の土もりのために、どんどんくずされ、土運びのトラックで、ろくに話もできないほどの、やかましさだったそうだ。さぞ土ぼこりもひどかったことだろう。柴田勝家の瓶割《かめわ》り山がその向うにみえる。春など、いちめんの菜の花で、とてもおだやかなよいところだったのにと、悔まれる。どこへも抗議のしようもないような近代化の異変によって、個人生活は、気のすさむほどの、環境変化に追いつめられる。

あたり見はるかすかぎり、菜の花の、花明りと花の匂い……そんな中で、心をこめて一筋一筋織りゆく機《はた》の音が、かたんとんとひびいていたのかと思うと、なごやかななつかしさである。あまりの山の変容、環境の変化にいっそ、安土《あづち》の湖辺の地に移ろうか……と考えていらっしゃるところだそうだ。

安土というのは、信長の安土城址がある、とてもいい土地だときいている。琵琶湖に面した土地に、小さな織場をつくって、あくまで、手つむぎ織を頑固に織りたい、疲れたならば、水辺につないでおいた小舟にのって、湖水をたのしめば、欝屈《うっくつ》した心はさあっとさわやかに流れていってしまうだろうと、うらやましい希望を語られる。

「そんなことというたかて、あのあたりかて工場が建ってきますで。それに、風の時やなんか、水害にも危い危い」

ふっくらとまろい面輪《おもわ》が、志村さんにそっくりのお母さんが、心配そうにおっしゃる。私は他になにもぜいたくはのぞまないが、環境は好きなところで……といわれる志村さんの好みに賛成であるが、ともかく、このお母さんあっての志村さんであり、作品であることをつくづく感じる。

「ほんとうに、何から何まで、母の力でできているのです」

志村さんは、兄妹のなかでひとりだけ、親戚の志村家にもらわれて育った人だとのこと。そんなこととは露知らずに、十八歳のときまで、お母さんを伯母さんとよんで、兄妹を従兄妹と思って育ってきた。

さて、はっきりとほんとの母であり、兄妹であることがわかると、それまでのいろんななつかしさがいちどにせきを切ったようなぐあいで、とくに心の通うお兄さんに、ひたすらの思慕をよせた。どんなことでも話の通じ合う、得がたい仲間であり、かけがえのない大切な人としての尊敬が深かったのであろう。

けれど、その兄さんは、若くして結核に奪われた。絵が上手で、したいことをいっぱい蔵している豊かな才能を抱いたまま倒れた兄さんを看護するため、病院にはいって献身的に尽した。このお兄さんの影響は、はかり知られぬ。

志村さんは、最愛の兄を亡くして呆然としていたが、やがて、縁あって嫁ぎ、平凡だが仲のよい家庭の主婦となる。そして二人の女の子がうまれる。そのままゆけば、志村さんの作品はうまれなかったかもしれないが、やがて、どういう偶然か宿縁か、その平和な家庭に信仰ゆえの波乱が起る。夫たる人は従妹と交渉をもち、志村さんは、無一物の状態で、兄さんの家、お母さんの家に戻ってきた。

そして心破れ、疲れ果てた志村さんが、「なにか、することはないかしら」といった時、お母さんは、織物を思いだして志村さんにすすめたのだ。お母さんは、三十年もの昔、柳《やなぎ》宗悦氏に教わって手織を覚えた。好きで好きでたまらなかったのに、なんといっても、自分の仕事にのみ熱中することなどできなかった時代でもあり、生活でもある。

差別され、しいたげられる人びとへの愛情で、やむにやまれずこの土地で医師をしている夫を励まし、子どもたちを育てる忙しさの中で、いつか、織れないままになって二階に置いてあった古い機《はた》が、新しい生命を与えられて、志村さんの手にゆだねられたのだ。

志村さんも、はだ着さえ乏しい無一物からの出発なので必死の意気込みである。小学校一年生と、幼稚園のお子さん二人を、志村家のご両親に預けて、いっしんに機をあやつった。お母さんはすべてのお師匠さま。

しかし、材料に、あまりに費用がかかりすぎるし、とても、これで生活ができるだけの仕事は無理である。けれど、何かして働いて、生きてゆかねばならない。ある陶芸の大家に相談にいったところ、

「とても女が織物で身をたてるということは無理だから、あきらめた方がよい」

と忠告された。でも、どうしてもあきらめられない。とうとう、お母さんの長年のお友だちである京都の木工作家、黒田辰秋《たつあき》さんのところへ話をききにいった。黒田さんは、

「それはまあ、実際に、それで成功することはできないかもしれない。たいへんな道だ。

けれど、これこそ、すばらしい道だ。ものを創るということほど、苦しいが、すばらしい仕事はない」

と、熱をもって話された。

「その帰り道は雪でございましてね。雪の道が明るくてきれいで、寒いんですけれども、なにか、勇気が湧きでてくるようなんです。もう、仕事がしたくて、仕事がしたくてたまりませんでした」

最も深い苦しみの底で発見したただ一条《いちじょう》の道。苦しくとも、その一条の道をゆくことに心いさむ勇気の起ってくる時、すでに苦しみはおのずからよろこびと化すのである。逃げ場のある人びとには、とことんの勇気と覚悟が、なかなか生まれてこない。なにかちょっとでも行き詰ると、たちまち投げだしてしまう。

志村さんにとっては、埃にまみれ、世の名聞を気にしないで、創造のよろこびのみに生きている黒田さんの姿と言葉は、天恵の善知識であったといえよう。

■織物の気魄

まもなく、伝統工芸展の、作品公募のパンフレットが、黒田さんからおくられてくる。

とてもとても幼い段階で、それどころではないだろうけれど、勉強のつもりで出品してみたらいかが、というすすめだった。

周囲の人びとから、出品するなんて、厚かましい……といわれながら、志村さんは、なんとかして出品したいと願う。お母さんが、三十年の昔、植物染料で染めたまま、織れないのでほうってあった糸をみると、赤・緑・紺などなんともいえない、いい色がでている。ぷつぷつ、つむいだばかりの素絹を帯の地色に使って、昔の色糸をコクトーばりの四角に散らして織りこんでみた。織っている間じゅう、そんなものは駄目だと気をもんでいたお母さんも、さて織りあがったのをみて、気をとり直して帯についた綿《わた》をとり、あとは何もかも、出品の面倒をみられた。

材料を買うお金がないので、少しずつお母さんや妹さんに買ってもらわねばならないし、翌朝までになんとか乾きますようにと、染めた糸を胸に入れて待った。期日に、やっと間に合う苦心さんたんの出品だった。

さて、出品はしたものの、なんといってもはじめての作品、通るはずがないと周囲の人びとの心配で、東京へ戻って勤めでもしようと、荷物を作って、明日は列車に乗ろう……としていたところへ、入選の通知がくる。まるで、夢のように恵まれた、出発であった。

あとできくと、あまりに未熟なので、審査員はみんな、落していたのだという。だが、芹沢銈介《けいすけ》氏がひとこと、

「たしかに技術は幼いが、この色はすばらしい。この色がいいので通しましょう」

とすすめられたおかげで、結局、昭和三十二年（一九五七年）の入選作品ということになった。必死の気魄が、織りの目のいっしんとなって、大家の目をうったのであろうし、三十年以上前、お母さんの手の染めた色糸が、そのふしぎの色の深みに、人びとの感覚を驚嘆させたのだろう。

兄さんの心のこりと、お母さんの心のこりが、またそのおふたりの才能や美意識も、志村さんに結晶し、志村さん自身のものをさらにつきやぶっていい仕事をさせたのか、一枚の織物にもまざまざと、それまでの人間の歴史や魂が籠っているのだ。

技術は未熟でも、その時、その時、力の限りを尽せば、すばらしい作品ができるはずだと、志村さんは信じていた。大好きな兄さんの絵画作品をみても、死の直前に描いたものより、中学生時代に描いたけしの花の方が、生命力にみちた魅力作品になっているのをみて、技術の幼さをかえりみず、その時、心にうかぶ最善を尽しさえすれば……それこそが生きる道である。ほかに道はないと思いつめたのだ。

しかもその初入選の白い帯を織っている間が、夫なつかしの心で、ひと目でも会いたいと、胸とどろかせて町を探し歩いた苦しみの時期でもあった。その夫の愛を得た夫の従妹への嫉妬も深かったであろう。憎くて別れたのではないのだから、も一度、家庭をきずき直そうという話し合いをしたくて、夫の姿を恋い求めたのである。

どんなに、美しくむごたらしく気味悪く情ない数々の想念に、のたうちまわる日夜であったことだろう。希望を思い、悲しみに沈み、ねたみにふるえ、反省にもだえ、そのどよめく心が、機のたて糸の間をさっさっと通す梭《ひ》のよこ糸に綾となって、せつなく織りつづけられたのだ。

秋霞……糸を切ってつないで昔の結び紋織《もんおり》の味をだしてみた第二作は、近代美術館蔵となり、七夕、鈴虫、霧、芦刈《あしかり》、月待《つきまち》、水煙《すいえん》、みなくれない、雛……などと、美しい名をもつ好きな作品が次つぎとうみだされた。肩は天の藍、暮れなずむ薄明の黄、竹藪の緑の濃淡、と、裾模様ふうに織りこんだ一衣は、着てみた作者に気高い風格を添える。

松虫と名づけられている緑多い平織を肩にのせられてみて、これまでとすっかりちがった自分の雰囲気になるのに呆れた。

絞りや、友禅には求めようもないきりりとしたすずしさが、着物によって与えられていた。

藤色や銀鼠《ぎんねず》、鉄さび色、とくさ色……みればみるほど、美しい色糸。まるで、色の宝石箱をのぞかせてもらったようである。

「見えなくても、たしかに夜空に星があるように、天然そこにある色を使わせてもらっているのです。蘇芳《すおう》、矢車《やしゃ》、桃皮《ももかわ》、刈安《かりやす》、梔子《くちなし》、榛《はん》の木などを使い、色を染めますが、それを、銅とか鉄とか、明礬《みょうばん》、石灰などで媒染《ばいせん》しますと、とてもいろんな変化がみられます。母体がいっしょなので、どんなに反撥しそうな色を合わせても、仲よく語り合う、一枚の楓の葉の紅葉する色が、一枚の中にもいろんな色をみせるようなものです。ひとつの色でも何回も染めていると、深みができて、それでいっそううれしくて」

いつかとんでもない汚ない色に染まってしまったことがあって、

「ねえ、お母さん、こんないやな色になってしまって……」

と、両手に輪にしてまわしながら、仕事小屋から庭を横切って母屋にまで歩くうち、もう空気に触れた糸が、なんともすばらしい、いい色になっていたという。

「はじめに決めてはったたて糸を生かさないほどに、すぐによこ糸でおしゃべりしすぎる傾向がありまして……」とはにかむ志村さんの内側に、めらめらともえ上がる激しい生命の火。いのちと感情との矛盾、撞着が、あの、すさまじい色気となって渋い織物にみなぎるのであろうか。

下ごしらえがもっともたいへんで、織りはじめると、色は、今織ったところの色がつぎに織る色を招《よ》んでゆくといわれる。色は色を招《よ》び、心は心を招《まね》く。一反織りあげるたびに、まるで、赤ん坊にうぶ湯を使わせるような、愛情のこもった手つきでそれを、お母さんが胸に抱きとって湯を通されるのだそうだ。

二代にわたる織物への傾倒、この母と娘がいくたび歩いたかわからぬ仕事小屋への狭い通路に、水引草《みずひきそう》がいっぱい咲いていた。その水引草が、ういういしい綿をいっぱい引いてまとっているのが、やさしい風情であった。

呼応の石仏

■なだらかな丘陵

整然ととのえられた遊歩道から、石仏をかこう柵、そして、柵から石仏の裾までの、ほんのわずかの空間に、青草がいちめんに生えている。

柵なきころは、野づらにつづく青草で、ここに来合わせた人びとの、膝に折りしくしとねとなり、寝っころがってまどろむ、やわらかな衾《ふすま》ともなっていたのであろう。その、わずかな裾の草が、石仏のはだをまことにやさしくみせる。

こんなに、美しい環境のなかに散在する石仏群だとは思わなかった。写真でみる臼杵《うすき》石仏のすがすがしい面輪、稜線のするどい、立体的な影の深さに、心惹かれてはいたものの、やはり、実際にたずねてみなければ、この大きさ、重い迫力、美しいたたずまいの環境全体を味わうことはとてもできない。

大分空港《おおいた》に降りたって約一時間、日向路《ひゅうが》は京よりだいぶんあたたかい。国道十号線を、大野川にそって下る。臼杵への指標によって、左へ折れたところから、とたんに道はひどくデコボコになる。来年は大分で国民体育大会がひらかれるので、それまでにはすっかり良い道がつくられるのだそうだが、俗にいう国体道路でなければ、なかなか道は生まれかわらないのらしい。

この、臼杵川ぞいの街道は、幕末から明治初年にかけて、もっとも賑わったのではないかといわれる。臼杵から、新しく水揚された魚や、臼杵の産物をどんどん竹田方面の奥地に送りこみ、そのかわりに米が運ばれてきて、臼杵港から、関西の町々にむけて出航した。トラック一台通れば道幅すれすれのようにみえる狭い道を、土埃あげながらガラガラ、ガラガラ、物資輸送の車が音たてて通っていたのであろう。

そういう意味では、大分に交通機関が集まって、忘れられた小さな港町、農業の町になった臼杵は、見晴らしのいい城あとをもつ、鄙《ひな》びた城下町であった。

臼杵市、とはいっても、石仏のあたりはまだ青田のつづく、おだやかな田園風景である。台風にいためられはしたものの、なんとか平年作はあるだろうとの稲穂が、とり入れを待って風になびいている。その稲穂のなかに、むっくりと石の鳥居がたっている。まるで、穂波に浮かぶように、深く埋もれ、上部は欠けた鳥居である。

石の鳥居の埋没は、臼杵川の氾濫によるもので、あとでみた同じ平面での、満月寺《まんげつじ》中門あとの仁王石像二体も、鳥居と同じように、腰まで埋もれたままである。ずいぶん分厚く、土砂が流れこんだものだ。この鳥居は、石仏の守護神としてまつられている山王神社への参道を示すものなのであろう。まず「ホキ石仏群」である。

ホキというのがわからなくて、『広辞苑』をひいたら、

ほき（崖）　山腹のけわしい所。がけ。はけ。

はけ（早くからアイヌ語パケを踏襲した言葉といわれ、吾妻鏡文治五年の条に傔仗次《けんじょうじ》の波気《はけ》という地名が見える）　丘陵山地の片岸。ばっけ。

とあった。

その丘陵山地の片岸、というのにふさわしい。けわしい山腹という感じではない。でも、それは田畑切りひらかれての今日の感じなので、あるいは山中とでもいいたいような、原

始林の密生地だったかもしれない。ともかく、あたりは大小の丘陵が、なだらかに起伏している地形だ。その丘のひとつの側の岩面を刻んだ石仏群なのである。

■臼杵の石仏群

臼杵川にそった街道を走りながらも、道中の山はだの、なるほど磨崖仏《まがいぶつ》に適した岩の屹《きつ》立《りつ》の様子に目をとめていた。あちこちの石がこぼたれて、トラックによって運ばれている。阿蘇の溶岩によって形成された凝灰岩《ぎょうかいがん》の山である。なんといっても、やわらかくて、くだきやすいのだ。

第一龕《がん》　九品《くほん》の弥陀《みだ》像

崩壊のあとの、ありありといちじるしいものだが、こぢんまりと肩を並べたお姿である。岩壁に光背を線刻し、仏体は、ほとんど、別に刻したものを持ってきて並べたような丸浮き彫りにちかい彫りである。磨崖仏は、陰刻か、浅い陽刻が多いのだが、臼杵は、全部が丸彫りに近い。

第二龕　弥陀三尊像

堂々として美しい。三メートルほどの高さをみあげて跪《ひざまず》く。つんとするどい鼻、角ばったあご、よく切れたまなじり。むかって左の勢至《せいし》菩薩の右眉、右目を斜めに断《た》って、まっすぐに欠けている。心あって切り割ったのではないかと思われる切断面なので、キリスト教を信じた臼杵城主、大友宗麟《おおともそうりん》の仕打ちだなどという俗説もあるらしい。

この凝灰岩は、もろくて、くだけ落ちたための欠損であろうが、かえってシャープな魅力をもった。なにか、苦味《にがみ》を含んだ表情が、切断によっていっそう峻烈の美を添えているようである。

道はゆるやかな坂で、堂ケ迫《どうがさこ》石仏群につづいている。なんと人気《ひとけ》のない明るさであろう。一カ月前、NHKテレビの仕事でたずねてきた時も、あらためての今も、他には、二組か三組の人びとが、散策しているだけ。清澄な秋の太陽が、きらびやかに照りつづけていて、もったいないように美しい。

第三龕　地蔵十王像

同じ壁面に四つの龕が刻されているが、それぞれ作られた時代がちがうらしい。谷口鉄雄九州大学教授の熱心なご研究によって『日本の石仏』（朝日新聞社）がでているし、石仏への入口にあるただ一軒の石仏茶屋で売っている『臼杵石仏』のパンフレットも、谷口教授の説明である。

こういう、学問的研究者や、熱愛の人びとの心に支えられて、臼杵市はこの立派な先祖の遺作を、どう美しく保存し、守ろうかと、苦心している。

この地蔵尊を中心にした十王尊など、めずらしいものだ。お地蔵さんは腰をかけ半跏《はんか》の姿である。その衣の紅がよくのこっている。コンクリートで天井をつくり、排水路をつけてから、石仏が乾いてきて、昔の色彩がだんだん鮮やかに浮きたってきたという。それまでは雨気を吸って濡れそぼち、内部から崩落しつづけてきた石仏群だったのだ。

閻魔大王も地蔵尊の化身。三途《さんず》の川へ、童子の亡者を救済にゆく姿とちがって、やさしい慈顔というより、さっそうとしている。冥府の座における端厳さである。

第四龕　大日如来群

小さいけれど、なかなかひきしまった表情の大日如来を中心として、阿弥陀、釈迦が座し、さらに脇面にたつ、観音、勢至《せいし》である。地蔵尊の下にもくりぬかれていた穴が丸や角にあいている。願文や経文《きょうもん》を納めるところのようだが、湿気に紙や木のものは、たちまち、ぼろぼろに朽ちてしまったのではないだろうか。願い文を書き入れた願主は、自分の願いの叶わぬしるしかと、心つぶれたことであろう。

祈り、願い籠める心のなくなった現在では、ふとユーモラスな間のひらきようである。

「何か、願い事があれば書いてごらん」

と、ささやかれているような気がする。

ほんとうに、なにかひとことでも、その膝下《しっか》に埋めておきたい。昔の祈りはひそやかに秘めて、秘めておけば秘めておくほどに、功力《くりき》も大きかった。けれど、現在の祈りは、スローガンとなり、デモとなり、ストライキとなり、外国新聞への広告となる。祈りは各人声を張りあげて、結集しなくては、とうてい祈りの形をなさないのだろうか。

物価をひき下げ給え。収入を増させ給え。安心と悦楽を与え給え。真理探究の教育を守り給え。人間のすばらしき可能性を、よりよき方向にひき伸ばし給え。人みなの融和と健康を育て給え。人を殺さずとも、罪を犯さずとも、他にも罪を犯させないで生きてゆける世界になし給え。恋と、愛と、友情の深まることを助け給え。

そうだった。

何をお願いするよりも全世界に、いい空気が、まずほしい。この、深田の里にいっぱいある清らかな空気、きらきらしい太陽の光、臼杵は酒、醤油の醸造が盛んだから、水もよい。柚《ゆず》によく似た香酢《かぼす》。ひめいちという紅《べに》いろに輝く美しい小魚。手焼きの生姜せんべい。食物の豊かな、恵まれた臼杵のすべてを、たれもがたのしめるようにして下さい。だから、そういう願いごとは、すべて大声をはりあげて叫び「なにとぞ、わが願いごとが叶えられますように」ということを、願文にして納めるべきなのであろう。小さな室にも、天地にみちみちる祈りは、音なく納まるはずである。

第五龕　阿弥陀如来群

中央に阿弥陀如来、左右に薬師、釈迦、どこか、もの言いたげな他像にくらべると、深遠な冥想の趣である。膝の傷みがはなはだしいが、大伽藍《だいがらん》の奥に見いだしても自然な気がするだろう。立派な肩に、息づく力が籠っている。

石仏の中には、野原や道ばただからこそ、好もしく思えるものが多い。人間の、不幸からの脱出を助けてもらおうための造像であるが、とくに石仏には庶民の具体的な不幸が刻みこまれている。

鎌倉以後、江戸期にはもっとも多くの野の石仏がつくられたらしい。芸術的な価値は低くても、行き倒れの回向《えこう》や殉死の記念や病疫退散の祈りや子供の安全をたのんでなど、造り主の心はあふれている。

いまだって、ところどころで新しい道ばた地蔵などがつくられるのは、交通事故のよく起る踏切や、童子の回向など、つきせぬ悲劇のあとである。

この崇高な如来三尊をみると、どのような人が、どのような思いでつくらせたものか、あるいは彫ったものかと、そのノミのあとにたずねたい衝動にかられる。これだけの石仏は大和でも京でも、みられなかった。

第六龕　釈迦如来群

長い間、棄ておかれ、ほろびるままに任せてあったころ、このあたりの崩落ぶりは、一種の鬼気が漂っていたのではないだろうか。そこにはそこに、崩落の美と名づくべき廃墟の風情がみられたことであろう。けれど、いまはもう臼杵石仏は、廃墟ではない。特別史跡でありまた、重要文化財として国の保護をうけている。県も市も、石仏を大切にして、岩盤を補強し、排水をよくしている。

草や、つたや、苔などの生える状態は、まだ水気があるからで、石仏を傷めないためには、植物のまつわりつかない方がいいとか。保存には無がよし。鑑賞には草のある方がうれしい。いろいろなくふうで、くだけ落ちたカケラを、うまくつぎ合わせてここまで復元したあとが、はっきりみえていたましい。でも、この自然の中で眺めるのが、素直な気持でいられる。いずれ私も、同じ土に還りますからといった気持である。

この、堂ヶ迫、石仏群から、小さな谷をへだてて、山王石仏群の一龕がみえる。正面から西日をあびて、まっ白に光っている。この小さな谷だけは、市が買い上げているそうだ。ややや、草もみじをみせる秋の野は、花野《はなの》、といわれる通り、美しい秋草がいっぱい咲いている。何か植えたいと言われるのを「いや、植えようと思えばいつでも植えられましょう。この自然の野のままに置いておかれたら、それがいつか、どんなに貴重なものかと、思い当たられることがあると思いますよ」と、反対してしまう。

千二百坪という谷間に何か手のかかる草木を植えて面倒をみる費用があるのなら、一坪でも多く、周囲の土地を買って、環境を変化させない努力をしてほしい。真赤の屋根瓦の民家が、すでにホキ石仏群への入り口に建っている。

山王山石仏をはじめてみあげた時「なんて稚拙な……」という印象であった。ところがその前を通り過ぎようとして、ふいに後髪のひかれる思いがするのだ。くるっと丸い顔、きゅっと両はしをあげた唇。目尻のさがった眉。「まあ、可愛い」とたちどまってしまう。頬ずりをして、あやしたいような、親しみが湧きあがってくる。

このように大きくて醇朴《じゅんぼく》な石仏童子の面影は、はじめてである。大きいので、いっそう後髪をひかれる。放っておくのが気にかかるような、変な気持である。この石仏の前から、のぼってきた里の方への眺めは、すばらしい。この谷の広さが、まむかいの堂ヶ迫石仏やホキ石仏の並んでいるのをみはるかすのに、ちょうどいい。

遊園地にしたり公園にしたり、茶館や休息所をつくったりして、せっかくの谷をつぶされては惜しい。この展望の持つ美しさは、谷のなにもないままの空間で、生かされているのだ。よその、観光地や、観光寺院のあとを追う必要はない。

何もつくらずにいたら、なんだか立ちおくれたように人にいわれるかもしれないけれど、このままで置くのは放置ではない。ひとつの空間の建設としての旧守である。いずれ、いずこも同じ観光設備にあきあきした人間にとって、癒しがたい野性への憧憬を、わずかにみたしてくれる貴重な空間になるだろう。

むこう側の龕が、かくれるほどに繁った杉木立のそばを通って、右に曲がると木立の間に、ずらりと並んだ古園《ふるぞの》の石仏がみえてくる。胴のほとんど失われた石仏座像、中には頭部のないのも、割れたかけらもある。中心の大日如来の首が落ちていて、中央にどしっと置いてある。

体部の崩落のひどさをみると、よくもこの重さ三百貫とかいわれる大きな首が落ちて、これくらいの損傷ですんだことだな、と思う。頭上もバラバラだが、お顔の部分は目に欠けがみられる程度で、独特の気品をみせている。この五十センチメートルほどの丈のお顔は、これまで仏像にみたことのない感じの眉目《びもく》である。

黄褐色の顔、頭の上に朱が美しい。しぶい色、しかもはなやぎの色、彩色した色を岩石の中にいったん吸収して、表が水気で泥いろになっていたのが、覆屋《ふせや》で守られ、ととのえられてから、これも、刻々、美しい色が復活してきたという。歳月をかけて吸収した色彩が、歳月を経てにじみでてきたのだ。いい色であるのは当然だった。

大陸的な、悠容迫らぬ風貌である。磨崖仏とはいっても、ほとんど丸彫りに近い彫刻なので、このように、首がころげ落ちる結果になったのだ。

NHKの「石仏の世界」の本番直前、谷口教授は「臼杵の石仏には、木彫師の仕事だと思えるものがあります。たとえば、胴で切れて、下半身の部分を離れたまま置いてある多《た》聞天《もんてん》など、胴のなかが、くりぬいてあるんです。木彫師でなければ、そんなことはしませんからね」とおっしゃっていた。

その話のあとで、石材や道具の説明を担当された石の彫刻師がみえて、画面に臼杵石仏がうつった途端「これは木彫の彫り方です。はじめから石の彫刻できたえた人間だったら、こんな危険なことはできません」とはっきりいわれる。

谷口教授は「長い間かかって研究した結果を、そうあっさりいわれるとガッカリしてしまうね」と、笑ってしまわれた。

■美しい未来づくりを

作像の種類や技法や表情などにも、時代はにじみでているのだろう。大陸からの影響がもっとも早く作用したであろう九州に、スケールの大きな磨崖仏が集中しているのは興味深い。作法としては大陸の影響はみられないそうだし、スケールが大きいといっても、中国大陸の磨崖石仏にくらべれば、繊細に近いものであろう。

もしこの一群の石仏と、それらを散在させている深田の里が、そのまま、京か奈良かにあったならたいへん、とてもこのような静かな状態ではあるまい。日に、百人か二百人と、それでも以前よりは人のふえた石仏の茶屋主宇佐美氏は、愛着をこめて石仏を管理。臼杵石仏にかけては、日々の見守りからしても、思いが深い。

「どちらからおいでになりましたのでしょうか」

「はい、宮崎からです」

「そうですか、宮崎からですか、それはありがとうございます」

と、コスモスのみだれ咲く満月寺のそばで、市長さんは観光の老婦人にうれしそうな挨拶である。果たして、この環境のまま、石仏を保存することができるか、どうか。

「観光課と、文化財をうけもつ課との意見がいつもくいちがって……」

と久保田図書館長も宝物の今後に胸いっぱいな様子であった。

満月寺開基といわれる蓮城《れんじょう》法師と、炭焼小五郎の伝説の真名長者《まなのちょうじゃ》夫妻の三石像も、寺のすぐそばにある。長者夫妻は石のお雛さまのように並び、法師像は個性的な風貌でおもしろい。

正和四年（一三一五年）の字のはいった溶岩の宝篋印塔《ほうきょういんとう》にも、おどろく。黄や丹の色ものこっていて、四メートルにあまる大きな塔にもかかわらず、細部にまで、こまやかなバランスと配慮の行き届いている美しい塔だった。急に、これまでにみた大小の宝篋印塔が、大味《おおあじ》なもののように思われてくる。

深田の石仏をつくったのは、真名長者か蓮城法師か、それはついには分らぬようで、ともかく、中央にない、平安、鎌倉期の作像とされる見事な石仏群像が、この地に集中して存在している事実だけがある。

文字文化が大和に出発したため、すべての文化を大和、京のものと考えやすいが、技術文化は九州の方が、歴史も古く豊かであったと思えてしかたがない。中国、朝鮮からも、九州までは古くから人が渡ってきていたであろうもの。

ひとつの龕のつくられたあと、次つぎと異なる時代に当時の人びとが新しく彫り足し、より添わせていったこの石仏にみる心の呼応を、いま、どのように展開させて、さらに新しい歴史を重ねてゆくのであろう。

なにとぞ、美しき未来づくりに参加して下さいと、これこそ願文に記すべき言葉だった。

旧版あとがき

「『美のうらみ』というタイトルは、あなたが考えられたのですか。すばらしい言葉ですが、使わせてもらってもいいでしょうか」

そんなお声をよくききました。

じっさい、私自身『芸術新潮』の編集部から「美のうらみ」を与えられたとき、ドキンとしました。連載七年目の仕事に、おそろしくもすさまじい「美のうらみ」のタイトルです。なんという、ものすごい言葉でしょう。

あの、金閣寺炎上の因となった若き僧は「美への嫉妬」を口ばしっていたそうですが、「美のうらみ」は、簡単な「美へのうらみ」ではないのです。ほんとうに苦しい……せつなさがとても昇華できなくて、力及ばぬ悲しい結果になってしまいました。

金閣寺の近所に住んでいらっしゃる知人の話によると、炎上によっておびただしい火の粉や、焼けほげの破片がとんできたそうですが、それは、じつに美しいものだったとのこと。焼けた破片が、いかにも軽く繊細で、きれいな破片だった……と、いわれていました。

あまりにすばらしいタイトルのために、私自身、黒こげになった思いですが、もとより、そのように美しい破片をのこすことはできません。ごつごつと息せき切った、みすぼらしい破片です。

それにしても、長年の連載を私に許された編集者の大らかさと、その間、私を支持し、読みつづけて下さった読者の皆さまのご理解を、つくづく、得がたいものだと、思わないではいられません。

思いがけなく深い読み手の存在を知っては、書き手としての幸福感を味わわせていただいたことも幾たびか、あらためて御礼を申上げたく存じます。

なお、第五章「墨のいろ」の中で、紅花墨を、お花墨とばかり書いています不備を、林屋辰三郎先生、浜松の石川守治氏からご指摘をうけました。古梅園のお話では、七世松井元彙の書で紅花と草書体で書いたものを、子どもたちがお花墨と読みちがえたもので、同じ墨だということです。

出版部、山高登氏の、心からのおせわも『観光バスの行かない……』からずっとつづいています。厚く御礼申し上げます。

一九六六年四月二七日

岡部伊都子

追ってがき

二〇〇四年十二月二十四日、クリスマス・イヴの催しで、大阪市中央公会堂まで行って、李広宏氏のコンサートを聴いていましたら「大分《おおいた》の臼杵《うすき》から来ましたの」とお声をかけて下さる女性がありました。

あの臼杵石仏の明るさ、広さ、力強さを思い出していました。いただいたお菓子は、「早春賦の詩」。歌の「早春賦」とも合唱して、大和、京都よりも直接的で早かった北九州の文化力をなつかしみました。

三十年近く暮している現在の住まいには、毎年散り紅葉が美しくて。京都へ移った時の民家、嵯峨にはじめて住んだ時の「もみじ印象」があまりに新鮮だったので、『芸術新潮』の新年号に「もみじ明り」から書かせていただいたのでした。「どうぞ自由に」と許されたうれしさ。

その嵯峨から北白川へ移って、冬の姫路城へは、お高祖頭巾《こそずきん》、紫ちりめんのふろしきを頭に被って行きました。あの谷川俊太郎氏の詩「兵士の告白」には、こう書いている間も、つぎつぎと起こる「殺し合い」に、——殺サレル者ヨリモ殺ス者ノ方ガ——不幸な者同士であることを、痛感します。

京の布文化「匹田鹿の子《ひったかのこ》」、人に男女あっての「雛まつり」。私の小学三、四年の時、墨のすばらしさを教えて下さった先生のおかげで、「墨づくり」を見せてもらったのですけれど、まだ「紅花墨」を「お花墨」と思いこんでいました。

二〇〇四年、日本全土を襲った台風や地震に、厳島《いつくしま》神社も全部倒れてしまいました。この文をまとめている十二月二十七日、「インド洋スマトラ沖地震の津波被害」で、なんと、この日だけでも、「死者二万四〇〇〇人に迫る」とか。まだまだ、この数は多くなりましょう。（追記＝一カ月後の一月二十六日現在、死者・不明二九万人、被災者五〇〇万人）

世界いずこも、いつ、何が起こりますことか。

突然、あらわれた女性の「花道の文に、頑張ります」と言われたことに、こちらも力づけられ、「青松」で夜通し語り合った仲良しは、もう八年前に亡くなられましたが、「鏡の子」の鏡と同じように、私を映して下さっています。

この間の台風で、天橋立の松巨木が根こそぎ倒れていました。傷ましさに歩き通した松林全体の痛みを思います。

幸いに祇園行事は無事に続いていて、全国からの見学者は増えるばかり。祇園囃子方《ぎおんはやしかた》を希望する若人など「京文化を守ろう」と、それぞれがいそしまれています。

「地獄絵図」の「六道輪廻《りんね》」。ルビをどうつけたらよいのか、書いた時はわかっていたのか、自問しては答えられない自分の情なさ。どうかお許し下さい。

今回も復刊して下さった藤原書店社長・藤原良雄様、また、数々のご苦労をおかけした高林寛子様、ありがとうございました。

皆様のお力ひとつに完成する「美のうらみ」。うらみは原点への感謝です。

二〇〇四年十二月二十八日

岡部伊都子

［解説］その手によって

朴《パク》才《チェ》暎《ヨン》

岡部さんの随筆「小さな大宇宙」（二〇〇〇年、『弱いから折れないのさ』所収）が、いつもかたわらに置いてある。読む度に唸る。ここに書かれているのは、羽虫、どくだみ、リス、人形、鈴、盃など、すべて岡部さんの日常にある、小さな喜び。しかしそれを語って宇宙が表出する、息を呑むような名随筆である。岡部さんの人となりと文学については、すでに多角的な視点からの優れた言説があって、今更私などが付け加えることは一つもない。ただ一読者として出会い、思いもかけず長い年月にわたって励まされ教えていただいた日々の温かさについてなら、専門の学識もなく、市井に生きる、無名の、女の、更には異邦の立場からでも記すことは可能である。そしてそれこそが、岡部さんの私に願うところであると思う。

それは、私が幸せになりたいと選択した結婚で、一挙に押しよせてきた妻・母・嫁の役割に驚愕し、小さな命をまかされながら、もういつ明日が途絶えてもいいと願うような悲しみの日々だったと思う。岡部さんが賀茂川のほとりのお宅に招いて下さった。三月、岡部さんの誕生月でもあった。緊張して挨拶もままならない私に、岡部さんは、おそらくはご自身が幼少の頃、お母様にしていただいたそのままに「ままごと」のような「節句の膳」を供して下さった。ままごとというのは文字通りであって、小さな可愛いい可愛いい陶器のセット。親指ほどの小さな湯飲み茶碗には、ソースが入れられてあった。その時しみじみと、「ああ、岡部さんは私たちとは違う文化の、日本の方なのだ」と鮮やかに感じたことを覚えている。

日本の中の大和国からみれば辺境の蝦夷《えぞ》、東北「津軽」に生まれ、東京で成人した東人《とうじん》の私にとって、婚姻を機に移り住んだ関西の地は、これほどの情報化の時代でありながら、空気、色、風、人心の何もかもが、日本が決して単一の国家ではなかったと当惑させるばかりの未知の国であった。また私を育んだ朝鮮の儒教文化はいったいに子供に厳しく、幼くして亡くなると墓もつくらない。子供に細やかに配慮し喜ばせる玩具も少ない。そのような中で育った私にとって、岡部さんがお母様から受け継がれ体現している、「上方《かみがた》」の甘やかで艶やかな暮らしの習慣は、民族を超えて強く女の私に響くものがあった。

岡部伊都子という日本人を知らなければ、私の日本観は今日のようなものではなかったと思う。人は誰でも愛したい、愛され愛し合いたい。けれども、朝鮮半島と日本国のねじれた関係の中で、私たち朝鮮人は愛すべき日本人と出会うことができないでいた。心の鎧《よろい》を取り払えば、細やかで穏やかな人々の住む、四季折々の彩りに恵まれたみずみずしい島国は、大陸にはない繊細な「美」の宝庫である。本来ならどれほど伸びやかに屈託なく晴れ晴れと、日本という出生の地を謳歌し、愛したかったことだろう。しかし植民地化された傷をおったまま、我が祖先の地は未だ分断の中にあり、清算も保障もされないまま、理不尽で不当な政治の現実に今も呻吟している人々がいる。朝鮮文化の結実は尊び略奪しながら、朝鮮人には関心を示さず賤しむ日本。いったい、どうやって日本人を愛すればよいのか。憎み、疑う対象の中で、日々の暮らしを営まなければならない葛藤。

その桎梏《しっこく》から救ってくれたのが岡部さんであった。岡部伊都子という人によって、どれほど多くの朝鮮人が（そして日本人が）、「憎む」という囚われから解放されたか知れない。

岡部伊都子という日本人に出会って、私は初めて解放され、凍えていた口から「日本語」という隣国の美しい音を安心して上らせ、尊い職能の人々の気高い志によって創り出され守られてきた日本文化と人を、岡部さんの愛するものとして捉えなおしてきた。

初めてそのお姿を拝見したのは、一九八五年、大阪のザ・シンフォニーホールにおいてであった。私はまだ随筆家、岡部伊都子を知らず、その夜、南北に分断されたままの朝鮮をせめて音楽の世界からは統一していこうと計画された夢のような音楽会の会場には、在日コリアンの浮き立つような嬉しさと熱気が満ち溢れていた。しかしその日、ヴァイオリニスト、丁賛宇《チョンチャヌ》氏の南からの出演はついに叶わず、独り金洪才《キムホンジェ》氏の指揮する美しくも哀切なアリランの調べの流れた舞台に、一輪のたおやかな花のようにひっそりと歩を進め、私たちの悲しみを日本人の言葉として発した人が、岡部伊都子さんであった。あのように不思議な印象の人、柔らかで厳しい人を見たのは初めてであった。以来、表現しがたい独特の「伊都子ワールド」に惹かれて、多くの随筆を読んできた。嬉しいにつけ悲しいにつけ岡部さんに訴え、苦しいときには「岡部さんがいて下さる」と、その存在に心に灯かりのともるような安らぎをいただいてきた。そして、生きるにおいての品性、輸入フェミニズムでは決して表わしきれぬ、「女」として在ることの意味、書く姿勢などの、ほとんど全てを岡部さんから学んできた。

『美のうらみ』は岡部さんが四十三歳の時の作品だが、日本の四季、手仕事、祭りなど縦横無尽に語りつつ、反戦と反差別に貫かれた現在の仕事の、源流であることがうかがえる。ここには、昨今の日本の右傾化、復古主義の人々なら一見喜びそうな、日本の美を愛する岡部さんの細やかな記述があふれている。しかし岡部さんの仕事の偉大さは、それを単に「日本の美」とせず『美のうらみ』としたことにある。このタイトルははじめ岡部さんの提案ではなかったときくが、真の美が形成されるまでの本質をゆるがせにしない岡部さんの仕事を思えば、まさに本質をついたタイトルである。日本の美を愛し、その美が民衆の日の当たらぬ所業の中から生み出された尊い仕事の結果だと見通す岡部さんだからこそ、国家などというものが振りかざす伝統や文化という視点からではなく、各々の土着の民が産み出した実用と悦びの、珠玉の仕事の結果として「美」を尊ぶのである。

「差別と美感覚」（一九七三年、『あこがれの原初』所収）には、権威によって美とされるものでも、頑迷なまでにご自身が好きになれないものには冷淡な取捨の選択をし、原爆の出現による価値観の変革を体験してのち、戦前の仏像にたいする印象と同じ感動を持てなくなって、寺を訪れる仕事を辞退しようとしたいきさつが書かれている。『心のふしぎをみつめて』（一九八二年）には「私の拝礼は、信仰ではありません。仏として掘り出された存在、長年の間多くの人々が尊び、大切にしてきた念願のこもった存在へのご挨拶でした」とある。美を語れば美への逃避と誤解され、自らを貫こうとすれば時に国粋主義といわれ、時に懐古趣味、大正趣味と一刀両断されてしまう薄寒さ。しかし本来、誰にも美を味わう力がある。美は選ばれた人のためではなく必要とする者のためにある。それを取り返すためにも「奪われた」という自覚がいると、明快である。

今は私も縁あって、奈良の地に住まっている。ここには岡部さんの現在につながる初期の確かな仕事（『観光バスの行かない……』など）の足跡が、あちこちに残っている。いずれも私の日常の範囲にあるのに、岡部さんのような透徹した細やかな目で心に留めることがない。わずかな仕事のあとにも横臥し、ご母堂の助けがなければならないほどのお体で、よくこれほどの緻密な仕事を遺されたと感嘆せずにおれない。おのずからなる感受性と生への執着がなければ、対象のわずかな光や色や気配にさえ感応し、こまやかに観察し記述する熱情がどこから生まれよう。このような在りようは、すでにして岡部伊都子の「思想」

そのものである。硬質の観念ではなく、熱をもった人としての感覚。

虚飾と飾りを排した嘘のない記述。平易な言葉選び。「怒りの美しさを味わわなかったのだと思う」「生身の感覚を、見事にこわばらせたのだ」「刻々の新鮮さ」「よろこびのふっとう」など、囚われぬ表現の的確さこそが、独特の美しさを放つ岡部随筆の真髄であると思う。絞りの帯を語って、女の誇り高くも過酷な労働に論がおよび、青松の美しさからハンセン病の苦しさに筆がおよぶ。多くの人が見過ごしてしまう野辺の花や、明るみ陰りの変化を見せる山間の小道、一枚の鏡の由来からさえ男女の愛の機微を語り、そこに至る悠たる時間を辿り、人々の日々の営みに共振し、涙する。人によっては「何もそこまで重く考えずとも、喜びだけをとりあえず味わえばよいものを」と思い、実際に口にしたにちがいない。しかし、表と裏は一体、表層は深奥あってのこととひとたび思い知った人にとって、そのような軽薄な楽しみなど、ありようはずもない。

明るみにいて、陰影を想い、死を語って生へ誘う。美を求めて、うらみに想い至り、平明にして複雑を著わす。醜を記して醜にならず、うらみを説いてうらみにならず。簡素にして豊饒、瀟洒にして清貧。涙をもって悲嘆にならず、怒りを生きて希望の生成となす。

虚弱にして強靱なり。あくまで随筆であって、エッセイストにあらず。

岡部さんの手は、その華奢なお姿からは想像できないほど大きく力強い。七十年間ペンを握ってきたその手に、私は私の中で育まれていた「出生地への愛」を、温かく取り上げていただいた。それは初め望まれずレイプのように宿った「鬼子の日本」であったとしても、切なく苦しくそして愛おしく私の胎内に育まれていたものである。岡部さんの清らかな手によってこの世に受け止められたその温かなものが、対立と憎悪の連鎖を断ち切り、どの民衆をも苦しめてきた「国家」と名づけられてきたものを打ち、乗り越え、新しい局面を開いてゆく可能性を私は信じる。わずか六十年前までの悲劇を決して繰り返さないために。

（女性問題心理カウンセラー）

＊『美のうらみ』（新潮社版）を、「岡部伊都子作品選・美と巡礼」に収録するにあたり、左記のような編集をほどこした。
・目次において、各章タイトルに、著者の言葉を引用し、附した。
・活字を大きくし、小見出しを入れて、読みやすくした。
・ルビを増やし、読みやすくした。
・口絵、および解説を収録した。

（藤原書店編集部）

著者紹介

岡部 伊都子（おかべ・いつこ）

1923年大阪に生まれる。随筆家。相愛高等女学校を病気のため中途退学。1954年より執筆活動に入り、1956年に『おむすびの味』（創元社）を刊行。美術、伝統、自然、歴史などにこまやかな視線を注ぐと同時に、戦争、沖縄、差別、環境問題などに鋭く言及する。
著書に『岡部伊都子集』（全5巻、1996年、岩波書店）『思いこもる品々』（2000年）『京色のなかで』（2001年）『弱いから折れないのさ』（2001年）『賀茂川日記』（2002年）『朝鮮母像』（2004年、以上藤原書店）他多数。

EYE LOVE EYE

視覚障害その他の理由で活字のままでこの本を利用出来ない人のために、営利を目的とする場合を除き「録音図書」「点字図書」「拡大写本」等の製作をすることを認めます。その際は著作権者、または、出版社まで御連絡ください。

〈岡部伊都子作品選・美と巡礼〉3 （全5巻）

美《び》のうらみ

2005年3月30日　初版第1刷発行©

著　者　岡部　伊都子
発行者　藤原　良雄
発行所　株式会社　藤原書店

〒162-0041　東京都新宿区早稲田鶴巻町523
TEL　03（5272）0301
FAX　03（5272）0450
振替　00160-4-17013

印刷・中央精版印刷　製本・河上製本

落丁本・乱丁本はお取り替えします
定価はカバーに表示してあります

Printed in Japan
ISBN4-89434-439-4

ともに歩んできた品への慈しみ

思いこもる品々

岡部伊都子

「どんどん戦争が悪化して、美しいものが何も彼も泥いろに変えられていった時、彼との婚約を美しい朱机で記念したかったのでしょう」(岡部伊都子)。父の優しさに触れた「鉄」、仕事に欠かせない「くずかご」、冬の温もり「火鉢」……等々、身の廻りの品を一つ一つ魂をこめて語る。［口絵］カラー・モノクロ写真／イラスト九〇枚収録。

Ａ５変上製　一九二頁　**二九四〇円**
（二〇〇〇年一一月刊）
◇4-89434-210-3

微妙な色のあわいに届く視線

京色のなかで

岡部伊都子

〝微妙の、寂寥の、静けさの色とでも申しましょうか。この「色といえるのかどうか」とおぼつかないほどの抑えた色こそ、まさに「京色」なんです〟……微妙な色のあわいに目が届き、みごとに書きわけることのできる数少ない文章家の、四季の着物、食べ物、寺院、み仏、書物などにふれた珠玉の文章を収める。

四六上製　二四〇頁　**一八九〇円**
（二〇〇一年三月刊）
◇4-89434-226-X

弱者の目線で

弱いから折れないのさ

岡部伊都子

「女として見下されてきた私は、男を見下す不幸からも解放されたい。人権として、自由として、個の存在を大切にしたい」(岡部伊都子)。四〇年近くハンセン病の患者を支援してきた岡部伊都子が真の「人間性の解放」を弱者の目線で訴える。

題字・題詞・画＝星野富弘
四六上製　二五六頁　**二五二〇円**
（二〇〇一年七月刊）
◇4-89434-243-X

賀茂川の辺から世界に発信

賀茂川日記

岡部伊都子

「人間は、誰しも自分に感動を与えられる瞬間を求めて、いのちを味わわせてもらっているような気がいたします」(岡部伊都子)。京都・賀茂川の辺から、筑豊炭坑の強制労働、婚約者の戦死した沖縄……を想い綴られた連載「賀茂川日記」の他、「こころに響く」十二の文章への思いを綴る連載を収録。

Ａ５変上製　二三二頁　**二一〇〇円**
（二〇〇二年一月刊）
◇4-89434-268-5

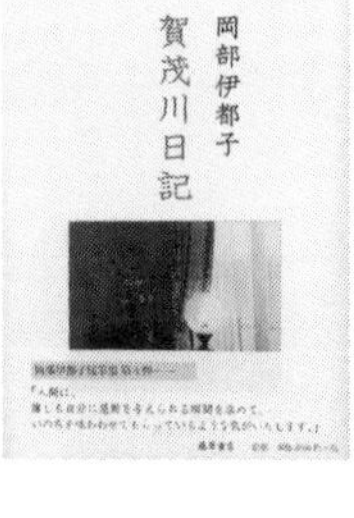

「生きる」とは、「死」とは

まごころ

哲学者と随筆家の対話

鶴見俊輔・岡部伊都子

「戦争」とは、「学問」とは――〝不良少年〟であり続けることで知的錬磨を重ねてきた哲学者と、〝学歴でなく病歴〟の中で思考を深めてきた随筆家が、ほんとうの歴史を見ぬき、来るべき社会のありようを、本音で語り尽くす。

B6変上製　一六八頁　**一五七五円**
（二〇〇四年一二月刊）
◇4-89434-427-0

珠玉の往復書簡集

邂逅（かいこう）

多田富雄・鶴見和子

脳出血に倒れ、左片麻痺の身体で驚異の回生を遂げた社会学者と、半身の自由と声とを失いながら、脳梗塞からの生還を果たした免疫学者。二人の巨人が、今、病を共にしつつ、新たな思想の地平へと踏み出す奇跡的な知の交歓の記録。

B6変上製　二三二頁　**二三一〇円**
（二〇〇三年五月刊）
◇4-89434-340-1

『回生』に続く待望の第三歌集

歌集 花道

鶴見和子

「短歌は究極の思想表現の方法である。」――大反響を呼んだ半世紀ぶりの歌集『回生』から三年、きもの・おどりなど生涯を貫く文化的素養と、国境を超えて展開されてきた学問的蓄積が、脳出血後のリハビリテーション生活の中で見事に結合。

菊上製　一三六頁　**二九四〇円**
（二〇〇〇年二月刊）
◇4-89434-165-4

伝説の書、遂に公刊

歌集 回生

鶴見和子
序・佐佐木由幾

脳出血で斃れた夜から、半世紀ぶりに迸り出た短歌一四五首。著者の「回生」の足跡を内面から克明に描き、リハビリテーション途上にある全ての人に力を与える短歌の数々を収め、生命とは、ことばとは何かを深く問いかける伝説の書。

菊変上製　一二〇頁　**二一〇〇円**
（二〇〇一年六月刊）
◇4-89434-239-1

随筆家・岡部伊都子の原点

岡部伊都子作品選　美と巡礼

（全5巻）

1963年「古都ひとり」（『藝術新潮』連載）で、“美なるもの”を、反戦・平和といった社会問題、自然・環境へのまなざし、いのちへの慈しみ、そしてそれらを脅かすものへの怒りとさえ、見事に結合させる境地を開いた随筆家、岡部伊都子。色と色のあわいに目のとどく細やかさにあふれた、弾けるように瑞々しい文章が、現代に甦る。

四六上製カバー装　各巻220頁平均
各巻口絵・解説付　**各巻予2100円平均　2005年1月発刊**（毎月刊）

1　古都ひとり　［解説］上野 朱

「なんとなくうつくしいイメージの匂い立ってくるような「古都ひとり」ということば。……くりかえしくりかえしくちずさんでいるうち、心の奥底からふるふる浮かびあがってくるのは「呪」「呪」「呪」。」

216頁　**2100円**　◇4-89434-430-0（第1回配本／2005年1月刊）

2　かなしむ言葉　［解説］水原紫苑

「みわたすかぎりやわらかなぐれいの雲の波のつづくなかに、ほっかり、ほっかり、うかびあがる山のいただき。……山上で朝を迎えるたびに、大地が雲のようにうごめき、峰は親しい人めいて心によりそう。」

224頁　**2100円**　◇4-89434-436-X（第2回配本／2005年2月刊）

3　美のうらみ　［解説］朴 才暎

「私の虚弱な精神と感覚は、秋の華麗を紅でよりも、むしろ黄の炎のような、黄金の葉の方に深く感じていた。紅もみじの悲しみより、黄もみじのあわれの方が、素直にはいってゆけたのだ。そのころ、私は怒りを知らなかったのだと思う。」

224頁　**2100円**　◇4-89434-439-4（第3回配本／2005年3月刊）

4　女人の京　［解説］道浦母都子

「つくづくと思う。老いはたしかに、いのちの四苦のひとつである。日々、音たてて老いてゆくこの実感のかなしさ。……なんと人びとの心は強いのだろう。かつても、現在も、数えようもないおびただしい人びとが、同じこの憂鬱と向い合い、耐え、闘って生きてきた、いや、生きているのだ。」

（第4回配本）

5　玉ゆらめく　［解説］佐高 信

「人のいのちは、からだと魂とがひとつにからみ合って燃えている。……さまざまなできごとのなかで、もっとも純粋に魂をいためるものは、やはり恋か。恋によってよくもあしくも玉の緒がゆらぐ。」

1989年11月創立 1990年4月創刊

月刊
機

2005
3
No. 158

発行所　株式会社 藤原書店 ©
〒一六二―〇〇四一　東京都新宿区早稲田鶴巻町五二三
電話　〇三・五二七二・〇三〇一（代）
ＦＡＸ　〇三・五二七二・〇四五〇
◎本冊子表示の価格は消費税込の価格です。

編集兼発行人
藤原良雄
頒価 100円

一九九五年二月二七日第三種郵便物認可　二〇〇五年三月一五日発行（毎月一回一五日発行）

加藤登紀子歌手生活40周年記念出版『絆（きずな）』、今月刊！

「女はいのち、男は物語」

加藤登紀子

東大生歌手・加藤登紀子は、獄中の元全学連委員長・藤本敏夫と電撃結婚。敏夫の下獄中に長女・美亜子が産まれる。子育てと歌手業の両立という人生の大きな転機を迎える登紀子と、学生運動が求めた社会変革の限界に気づき、「食」と「農」に真の社会変革への道を見出す敏夫。獄の内と外での二年半にわたる往復書簡141通のすべてが、今、初めて公開される。

七〇年代前半、日本が高度成長から低成長へと移りかわる時期に青春期を迎えた二人が、いかに生きるかに懊悩する愛の書簡を、来るべき時代を担う新しい世代に贈る。

編集部

● 三月号 目次 ●

「女は実体だが、男は現象だ。」と言った人がいる。

とすれば、「女の一生はいのちだが、男の一生は物語」といえるだろうか。ひとりの男が生き終えた時、通り過ぎ、ゆれ動くだけだったすべての現象が、ひとつの歴史となって語りはじめる。

夫、藤本敏夫が逝ってからの二年余り、彼がそこに生きて存在していた時より、はるかに多く、彼との対話があった。

生きている限り未完の走り書きだったはずの言葉が、今は、はじめから全部、何度でも読み返せる暗喩としてしっかりとつながってくる。

藤本敏夫遺稿
「歴史は未来からやってくる」

二〇〇二年七月三十一日、肝臓の手術から一年で藤本はこの世を去った。

この一年間の間に彼は三冊の本を書こうと奮い立ち、結局、一冊の本の三分の一を書いただけで力尽きた。

この最後の原稿をもとに何とか出版したのが『農的幸福論』(家の光協会)。

この中には、彼の生い立ち、「食」を通して浮かび上がる日本人の深層、そしてこれからのあり得べき農業への模索がある。

何より残念だったのは、彼の過ごした怒濤のような青春時代への記述がなかったこと。もう少し筆を進ませていてくれたらと、かえすがえすもくやまれた。

ところが、後になってから、彼が残した自伝らしき文章が、他の出版社のデスクの中に眠っていたことがわかった。

たしかなことはわからないが、二〇〇一年の春ごろ、書いたものらしい。

六〇年代、日本の歴史を動かした学生運動、その中枢にいた彼は一九六九年七月六日という運命の日に、この動きのすべてから離れた。

何にむかって戦い、何によって敗れたのか。彼の懊悩は、自らの存在自体の中にあるどうしようもない矛盾へとたどりつき、「地球と人間」という果てしない問答へと旅がはじまる。

私の最も知りたかったその転換のまっただ中の彼のほとばしる実声が、この原稿の中にあった。

私が藤本と出逢う一九六八年三月以前の輝くような青春の日々も、私たちが獄中結婚に至る一九七二年の少し前、下獄までの死にもの狂いの未来探しもあった。

肝臓を切ってから、彼が何よりとげたかった、彼自身の自伝の素描が、すでにここからはじまっていたのだとわかった時、書き残すことへの彼のただならぬ念の強さを想った。

出逢った時から約三十五年をともに生きて、それでも見えていたのは激しく交叉する点と線。過剰な説明を嫌った彼の軌跡は、決してわかりやすいものではなかった。だからここに「藤本敏夫遺稿」として残された言葉は私には本当に有難かった。

▲結婚 15 年目の結婚式（1987 年 5 月）

ここに彼が書き残したのは、もちろん妻のためではない、彼自身のためでもない。彼の生きた時間が消滅した後にも脈々とつづいていくはずの歴史という未来のためにちがいない。

そう思いはじめると、すべての彼の個人的な記述、いやもっと言えば彼の生きた個人史のすべてが、実は、彼自身のものである以上に、これからを生きる人々へのメッセージなのだと思える。

藤本という男は、そういう風にしか自分を生きられないタイプの男だったと、今、改めて思うのだ。

私たちの結婚についても、彼は、「遺稿」の第五章でごく簡単にふれているだけだ。

男にとって結婚や家族や子供というものは、その程度のものなのかなあ、と一抹の淋しさを感じると同時に、彼の中にあった、いのちという実体への気恥かしさのようなものを感じもする。

自らの生涯を、いのちとしての実体としてよりも戦いの道筋として、通り過ぎる過程としてとらえていた。

私はひとりの男のむこうに、結局、男の超えようとする海を見ていたのだとふと思う。

「結婚」という出来事は、女である私にとってはそれまでのすべてを忘れさせるほどの重大事。新しい生命を宿し産み育て、輝きわたる一瞬一瞬を全身に浴びていくことだ。

「獄中往復書簡」

第Ⅰ部「歴史は未来からやってくる」の第五章から第六章のすき間にあったは

ずの、獄中結婚から出所までの二年半という時間を、藤本はあえて「遺稿」の文中に記述していない。

けれど、獄中にあったこの時期に、はじめていのちとしての自分とむき合っている藤本の姿があったと私は感じている。

一九七二年、結婚という出来事にはじまる「獄中往復書簡」は、私にとって奇蹟のような宝物。

月に一度、便せん三枚と限られた条件の中でひたすら正確な筆先でつづられた藤本の手紙は、何か文豪のような雰囲気が漂っていて、「またお芝居してる」と私は思わず笑ったりしていたが、こうして読み返してみると、藤本の思想のほとんどがこの期間に築かれたのだとわかる。

一方の私。手紙には、今という時間をただただ見つめ、描き、楽しんでいる女の息づかいが踊っている。

自分の書いた手紙が、一通残らず、自分の手もとに帰ってくるというのも滅多に望めないことだ。受け取り人が刑務所の中にいたお陰……。

ここに存在し続ける不在の人

ここにその人がいないからこそ、ともに生きていると思えたこの三十数年前の二年半が、夫の死後、ひたすらその不在を対話で埋めようとした苦闘の日々と似ている。

夫はもうずい分天国の階段を昇ったことだろう。

今度ばかりは出所して帰って来ることはもうないが、時折、空の雲のすき間から顔を出す青い月に気配を感じ、夏空のまぶしすぎる陽射しに幻影を見る。

「男は現象」だから、肉体としての形が消えても、ここに存在し続けることができるだろう。

私はそれを信じている。

（かとう・ときこ／歌手）

きずな

加藤登紀子
藤本敏夫

電撃結婚から、長女誕生を経て、二人が見出した未来への一歩……。刑務所の内と外に引き離された二年半に交わされた書簡141通。

第一部 **「歴史は未来からやってくる」**（藤本敏夫遺稿）
第二部 **「空は今日も晴れています」**（獄中往復書簡）

［推薦］鶴見俊輔（哲学者）

四六変上製　五二〇頁　**二六二五円**

ひとつの時代にしばられないかれら

鶴見俊輔（哲学者）

藤本敏夫は本を読む学生であり（こういう学生は少ない）、魅力のある学生だった。

下獄する前の日に私の家をたずねてきて、

「明日下獄します。もっと勉強したかったですね。」

と言った。

下獄している間に、学生運動は内ゲバを深め、獄中で彼は自分の生きる道を考えた。運動の指導者は、そのときのトップの位置に押し上げられることによって、そのときの目標しか見えなくなるが、彼は遠くまで時代を見る力をもっていた。出獄してから彼は、納豆をつくり、ヨーグルトをつくり、野菜をつくり、農業を広く生活の一部に取りこむ新しい形の設計を考えた。トップのリーダーが、トップである一つの時代にだけ適応する人となるのではなく、苦しい転換期を切りひらく構想をもつ人となった。

大学から彼のところに、卒業の条件を交渉に行った。彼は、自分との結びつきが機縁となって退学した人がいるとき、自分が卒業することはできないと言ってことわった。

生活のかわり目ごとに彼の残した言葉は消えない。東大生歌手・加藤登紀子が獄中の彼と結婚したとき、「知床旅情」で名前だけを知っていた私は、この人は、人間についての目利きだと思った。

美亜子誕生
（「獄中往復書簡」より）

加藤登紀子←→藤本敏夫

今病院です

一九七二年一二月七日　登紀子

この手紙を出そうと思っていたら、お腹が突然にもあやしい雰囲気となって、昨夜から、姉宅へとまりました。

今、病院です。

まだお産は、はじまったばかりだから、まる一日位かかるかもしれないけれど、もう入院という次第でいよいよ波がよせてきます。

未熟児の子供は、やはり未熟児という運命を背負って、何をあせってか、いそいで生まれてくるようです。でも、子供が大きくなりすぎる位成長していたようなので、多分、立派に生まれてくれるでしょう。

この手紙と、電報と、どちらが先につくか、わからないけれど、早速、名前を考えて下さい。

私の体は、いたって順調です。生まれた後で、まだご報告します。

陣痛はまだ今は、快い程度のものので、これからは、どんなものやらわかりません。

那須野のだんな様へ

ときこ

一九七二年一二月七日午前十時

オンナノコウマル

一九七二年一二月七日〈電報〉　登紀子

七ヒ四ジ二〇フンオンナノコウマル　ボシトモゲンキ　パパニソツクリ

結局最初に考えた名にしましょう。〝美亜子〟と付けて下さい。

一九七二年一二月八日　敏夫

突然、電報を受け取り驚きました。しかし、電報とは常に突然、来るものですから、我ながらその驚きにお可笑《かし》くなります。でもそれには二つの理由があると想像して下さい。一つは産まれる日が早かったこと、二つは自分では男であるとばかり思い込んでいたので女の子だったことです。従って私は困りました。名前を考えねばなりません。一日考えて、結局最初に考えた名にしましょう。〝美亜《みあ》子〟と付けて下さい。（中略）

貴方はゆっくり静養せねばなりません。元気になれば、また作陶など始めて、その後の魯山人の生き様を知らせて下さい。何も出来ない私ですから、次の詩を子供に贈ります。

風に吹かれて　無辺の藍《あい》の
雲の流れに　舟は漕ぎ出す
進みゆく　櫂《かい》の波音《なみね》に
声合わす　見知らぬ浮草。

風に吹かれて　人の川瀬で
ふと息を吹く　鳴らぬ口笛
ふと息を吹く　鳴らぬ口笛
嬉しき我身の　恥らいにこそ
母に似た　めぐり会い。

風に吹かれて　今日も漕ぎゆく
時はいつか　流れ漂よう。

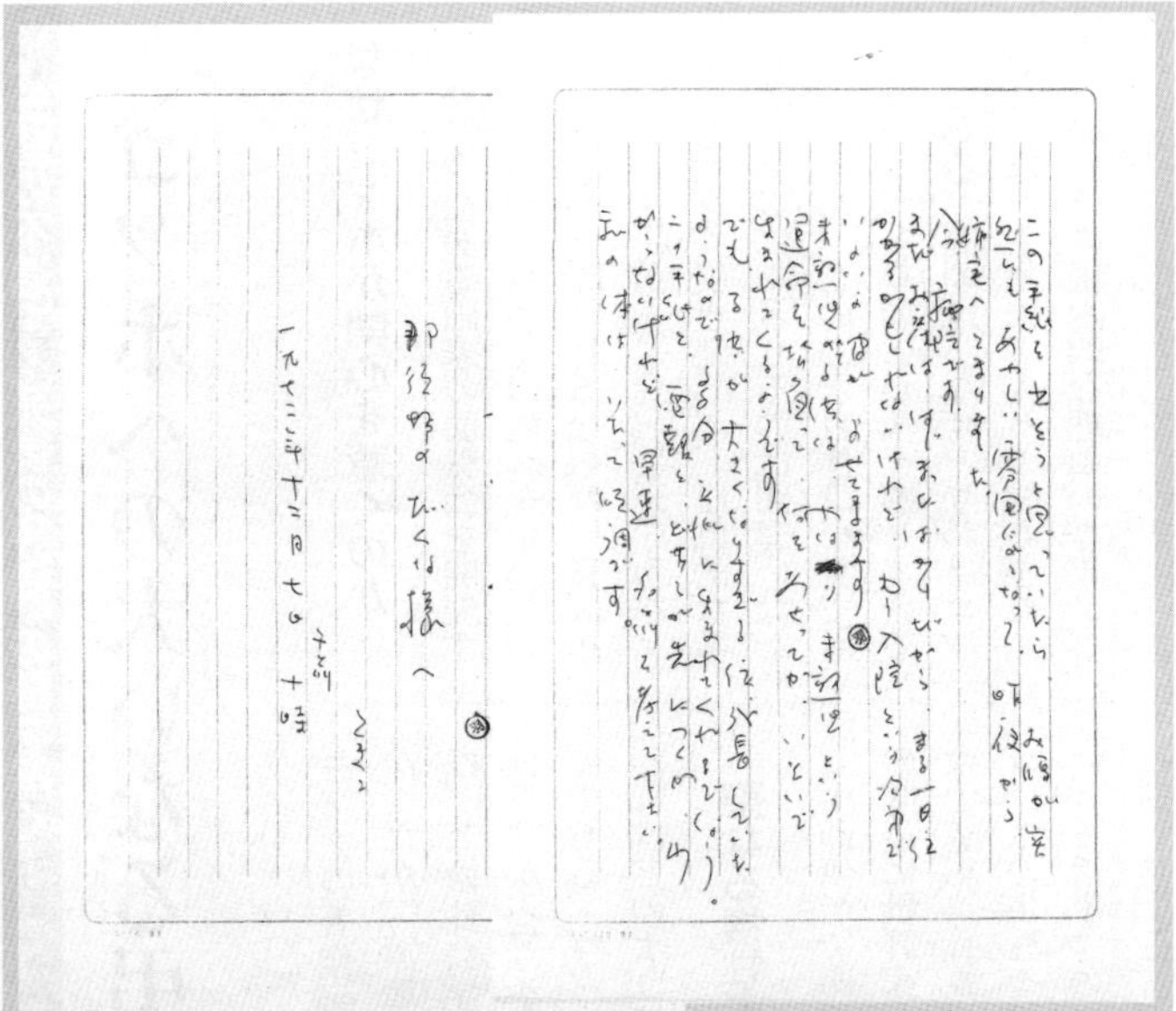

この手紙を出そうと思っていたら [illegible]
[illegible] あやしい雰囲気になって、昨夜から
今日は病院へきました。
まだ [illegible] はずですが、まる一日位
かかるのでしょうか。けれど一応入院という [illegible]
いよいよ [illegible]
未知の [illegible]
運命を [illegible] 何をさせて [illegible]
生まれてくるようです
でも子供が大きくなる [illegible]
ようなので [illegible]
二十年くらいは [illegible]
かかるかも [illegible] 早速 [illegible] 考えて下さい。
私の体は [illegible] 順調です。

[illegible]様へ

ときこ

一九七二年十二月七日 午前十時

▲1972年12月7日　登紀子より敏夫宛

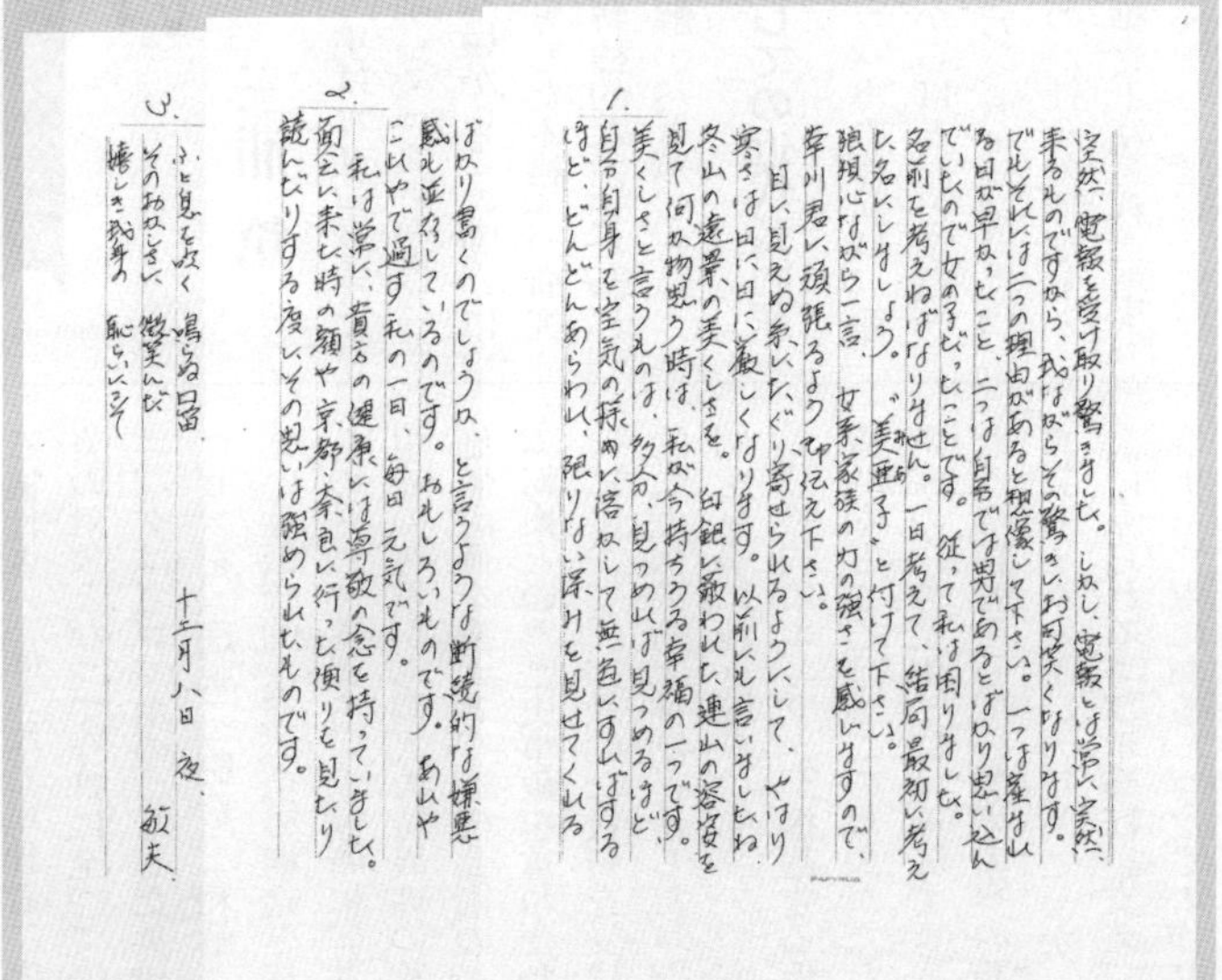

1.

突然、電報を受け取り驚きました。しかし、電報とは常に突然に来るものですから、我ながらその驚きにお可笑くなります。

でもそれには二つの理由があると想像して下さい。一つは産まれる日が早かったこと、二つは自分では男であるとばかり思い込んでいたもので女の子だったことです。従って私は困りました。名前を考えねばなりません。一日考えて、結局最初に考えた名にしましょう。“美亜子《みあこ》”と付けて下さい。

狼狽心ながら一言、幸川君に頑張るよう御伝え下さい。女系家族の力の強さを感じますので。

目に見えぬ糸にたぐり寄せられるようにして、やはり寒さは日に日に厳しくなります。以前にも言いましたね冬山の遠景の美くしさを。白銀に蔽われた連山の容姿を見て何か物思う時は、私が今持ちうる幸福の一つです。美くしさと言うものは、多分、見つめれば見つめるほど自分自身を空気の様に溶かして無色にすればするほど、どんどんあらわれ、限りない深みを見せてくれる

2.

ばかり書くのでしょうか、と言うような断続的な嫌悪感が並存しているのです。おもしろいものです。あれやこれやで過す私の一日、毎日元気です。

私は常に、貴方の健康には尊敬の念を持っていました。面会に来た時の顔や京都、奈良に行った便りを見たり読んだりする度にその思いは強められたものです。

3.

ふと息を吹く鳴らぬ口笛
そのおかしさに微笑んだ
嬉しき我身の恥らいこそ

十二月八日 夜

敏夫

▲1972年12月8日　敏夫より登紀子宛

「生前の不遇」―「死後の評価」の謎を解く！

ゴッホへの大いなる弔い

三浦　篤

なぜゴッホが関心を惹くのか

かりに現在ある画家の展覧会を開催するとき、もっとも多くの観客を集めるのはどの画家かと問われるならば、私は迷わず「ゴッホ」と答える。モネもルノワールも大きく引き離して、圧倒的な数の観客を会場に来させるのは間違いなかろう。むろん、このこと自体は卓見でも何でもなく、多くの人が薄々感じていることである。問題は、なぜとりわけゴッホがこれほどまでに、人々の関心を惹くのかというその根本的な理由の方だ。ここに日本語版を刊行するナタリー・エニックの著作『ゴッホはなぜゴッホになったか』(原題『ファン・ゴッホの栄光』)は、芸術社会学の立場からこの問いに真っ向から答えようとした本格的な研究書である。ゴッホの特権的な栄光をわれわれはどのように理解すべきか。

聖なる犠牲者としての近代芸術家

生前無名であったゴッホの作品は、死の直後に批評家たちからほとんど全員一致で認められたのだが、一世代後には、ゴッホの生涯そのものが社会の無理解というモチーフの上に築き上げられた聖人伝説に変貌し、その後さらに画家は聖なる犠牲者、「偉大なる単独者」として賛美の対象となって今日に至っている。エニックは、ゴッホのこうした英雄化のプロセスを「逸脱」「刷新」「和解」「巡礼」という伝統的な聖人伝の構造と相同的なものとして捉える。と同時に、共同体の規範の尊重から個人の特異性の称揚へと価値評価を変える、近代芸術のパラダイム転換という歴史事象を重ね合わせることによって、宗教的な投資を受けて典型的な近代芸術家神話と化したゴッホの事例を見事に浮き彫りにしていく。

最終的にエニックが提起する仮説の刺激的なところは、この現象がただ単に芸術家の「神聖化」には還元できず、偉大なる犠牲者としての芸術家への罪障感に裏打ちされた贖いの行為こそが、現代社会に見られるゴッホ崇拝を支えていると解析した点にある。ゴッホの作品が異常な高騰を見せ、その回顧展に膨大な数の観客が巡礼し、終焉の地で聖遺物崇拝に近い感情がわき起こることになるのは、まさにそのためだと著者は言う。易しく言えば、ゴッホの超人気はゴッホへの大いなる弔いだというわけだ。このように、本書はゴッホ神話という事例の分析を越えて、芸術が疑似宗教と化した近代特有の文化現象の解明へとつながる射程をも含んでいる。芸術研究の今後のために、敢えて翻訳したゆえんである。

▲ゴッホの自画像(1889年9月)

ポスト・ブルデューの仏芸術社会学

著者のエニックは、国立科学研究センター(C. N. R. S.)に勤務する気鋭の芸術社会学者である。ピエール・ブルデューの批判社会学から受けた方法論的な刺激を芸術研究に適用し、西洋の歴史において「芸術家」がいかなる社会的、制度的な条件下で存在し、どのように受容され、位置づけられたのかという問題について一貫した関心を有している。美術史学、社会学のみならず宗教学、人類学、精神分析、経済学など、人文科学、社会科学の知を総動員してなされる力業とも言うべき分析の手際は本書を読んでのお楽しみだが、統計的な調査や批評の引用など資料的基盤にも手抜かりはない。ブルデュー以後のフランス芸術社会学を担う旗手として、その評価は確立しており、本書もすでに英訳されている。最近では、現代美術論、フェミニズム社会学へと研究領域を拡大しつつある彼女の動きから当分目が離せそうにない。

(みうら・あつし/東京大学助教授)

ゴッホはなぜゴッホになったか

N・エニック/三浦篤訳

第I部 逸脱、刷新
第一章 作品となった仕事――沈黙から解釈学へ
第二章 黄金伝説――伝記から聖人伝へ
第II部 和解
第三章 「ファン・ゴッホ」対「フィンセント」――英雄性の二律背反――
第四章 狂気と犠牲――特異な人物の両面価値性《アンビヴァレンス》
第III部 巡礼
第五章 金銭による償い――購入すること、弁済すること――
第六章 視線による償い――作品を見ること
第七章 存在による償い――遺体への行列
結論 ファン・ゴッホ現象

A5上製 予三六八頁 予三九九〇円

西洋中世史の第一人者が、「中世」とは何かを明らかにする。

中世とは何か

菅沼　潤

中世とは何か。このような一般読者の疑問に答える者として、ジャック・ル＝ゴフに勝る適任者はいないであろう。西洋中世史の第一人者として生涯にわたる探求を続ける一方で、ル＝ゴフは、学術の外の世界との対話を常に精力的に試みてもきたからである。聖王ルイの側近であったジョアンヴィルが齢八十にして敬愛する王の思い出をその回想録に綴ったように、八十歳を目前にしたこの歴史界の大御所が、その「知りえたままの」中世を、歴史家としてあくまで厳密に、しかしまた肩肘張らず率直に語ってくれた、それが本書『中世とは何か』である。

文明としての「西洋」の誕生

商業が日常生活の中に定着し、新しい知の流入とともに大学が生まれ、托鉢修道士たちが都市生活者のための新たな生活倫理を説いた時代。教会の相次ぐ改革のため、信者たちの道徳観、時間意識、死生観が大きく再編成されつつあった時代。父なる神から子なる神キリストへと神の概念の中心が移動し、人間主義が芽生えた時代。イスラム世界、ユダヤ人といった外なる内なる他者との関係から、文化的・地理的概念としての「西洋世界」がゆるやかに形成されつつあった時代。

ル＝ゴフが語る中世とは、そのようなダイナミックな中世である。実際、ル＝ゴフがここでわれわれに立ち合わせようとしているのは、文明としての「西洋」が誕生する様なのである。やがて世界の諸文明を凌駕することになる西洋文明は、こうして中世において生まれた。「中世とは何か」、だからそれは、「西洋とは何か」という問いでもある。

本書においてル＝ゴフは、文化ジャーナリストのジャン＝モーリス・ド・モントルミーを前に、その生涯を回想し、その研究内容について、また研究対象である中世について語っている。こうして、少年時代における中世との出会いから歴史学の発見までが、アナール派との出会いと歴史家としての出発が、『中世の商人と銀行家たち』、『中世の知識人』、『西洋中世の文明』といった初期著作執筆のエピソードが、伝記『聖王ルイ』を準備しながら抱いた問題意識がそれぞれ喚起され、これらの自伝的な言及を出発点としながら、ル＝ゴフの歴史観、独自の視点からの中世文明の興味深い解説が展開していくのである。

「歴史家がある時代を理解するためには、現在と過去との間を行ったり来たりしなければならない」とル＝ゴフは言う。われわれ読者もまた、ル＝ゴフの人生と西洋の過去との間を行ったり来たりすることになる。このようにしてわれわれは、ル＝ゴフの探求を、そして彼が追い求めた中世を理解することになるのだ。

▲ル＝ゴフ（1924-　）

未だ終わらぬ探究

リュシアン・フェーヴル、マルク・ブロック、フェルナン・ブローデルらのあとを受け、アナール派第三世代のリーダーとして活躍したル＝ゴフの名は、わが国でもすでに馴染みが深く、邦訳書も多数出版されている。一九二四年、南仏のトゥーロンにおいて生まれ、高等師範学校を卒業したル＝ゴフは、俊英の歴史研究者として将来を嘱望される一方で、早くから出版界でも活躍し、『西洋中世の文明』（一九六四）に代表される、専門家から一般読者まで広範な影響力をもつ著作を発表している。一九六九年以降、『アナール』誌の編集委員として歴史人類学の研究を推進し、『もう一つの中世のために』（一九七七）、『煉獄の誕生』（一九八一）、『中世の想像世界』（一九八五）という重要な著作を発表した。また一九七五年には、高等研究院第六部門部長として、当部門の社会科学高等研究院としての独立に尽力している。

退官後に発表した大部の伝記『聖王ルイ』（一九九六）ののちも、その執筆活動は衰えることを知らない。刊行される著作は、今も数多い。ル＝ゴフの生涯をかけた探求は、まだ終わってはいない。

（すがぬま・じゅん／フランス近代文学）

中世とは何か
J・ル＝ゴフ／池田健二・菅沼潤訳
カラー口絵一六頁
四六上製　三二〇頁　三四六五円

日韓国交正常化四十周年記念出版！『歴史のなかの「在日」』、今月刊行

「在日」とは何か

朴 一

日本帝国主義の遺産

一九一〇年、日韓条約で朝鮮半島は日本の植民地になった。その年から一九四五年の民族解放まで、さまざまな事情で朝鮮半島から日本に渡ってきた人々が在日コリアン一世である。

在日コリアンといえば、朝鮮から「強制連行」されてきた人たちと思っている日本人が少なくないが、それは正しい理解ではない。彼らの中には、植民地期に日本が行った土地調査事業や産米増殖計画によって土地を奪われたり、生活苦に陥った結果、生活の糧を求めて日本にやってきた人も少なくない。いずれにしても、在日コリアンの存在は、善かれ悪しかれ日本帝国主義の遺産であることに間違いない。

四五年八月一五日、在日コリアンはこの日を解放記念日と呼ぶ。その日、天皇が戦争の敗北を認め、祖国が日本の植民地支配から解放されたからだ。当時、在日コリアンは二三六万人もいた。このうち、約一七〇万人が日本にわずかな財産と苦々しい思い出を残して、朝鮮半島に帰国した。

日本にとどまっていた在日コリアンの多くも帰国の道を模索していたが、一九五〇年に勃発した朝鮮戦争で帰国の夢は打ち砕かれる。そして帰国を断念した六〇万人もの在日コリアンが、そのまま日本にとどまることになった。やがて、その人たちに子どもが産まれ、孫が誕生し、二世、三世、四世として日本に定住することになったのである。

在日コリアンの半世紀

朝鮮戦争によって、朝鮮半島は二つに分断された。米国占領下の半島南部では李承晩《リショウバン》を大統領とする大韓民国、ソ連占領下の北部では金日成《キムイルソン》を国家主席とする朝鮮民主主義人民共和国が成立した。

こうした民族の分断は在日社会にも持ち込まれた。日本に韓国政府を支持する在日本国居留民団（民団）と、北朝鮮を支持する在日朝鮮人総連合会（朝鮮総連）の二つの組織が誕生し、在日社会は分断し

た。そして個々の在日コリアンは自らの立場をめぐり「北か南か、右か左か」を問われ、半世紀に亘って対立・苦悩してきた。

しかし、一世の時代、多くの在日コリアンにとっては、「まず、この地で生きていくこと」が先決であった。国有地にバラック小屋を建てて住んだり、番地がない川べりで生活した人もいた。そして彼らは日本人がやらない「３Ｋ」の仕事で生計を立てた。養豚や鉄くず拾いで小銭を稼ぎ、やがて焼肉屋や鉄工所などの自営業を起こすようになった。

▲朴　一　氏

一世の親たちは、二世の子どもの教育には熱心だった。彼らの多くは、日本で自分たちが差別されたのは「学歴」がないからだと考え、たいへんな苦労して子たちを大学まで行かせようとした。だが、二世が大学を卒業しても、日本企業への就職は困難だった。「学歴」が差別突破の特効薬でないことを知った三世たちは、日本で生きてゆくために「資格」を取ることが必要と考えた。その結果、在日コリアンの新しい世代から、医者、薬剤師、看護士、弁護士、公認会計士、税理士、大学教授など、専門職につく一群のホワイトカラーが誕生したのである。

変わりつつある「在日」

二十一世紀に入り、一世、二世による民族差別撤廃運動の結果、在日コリアンへの制度的差別はかなり緩和されつつある。在日コリアンが国籍や民族にかかわらず、自らの能力で自らの未来を切り開くことができる時代になりつつある。むしろ、在日コリアンにとって、国籍や民族にこだわって生きる意味が問われるのはこれからだ。植民地、分断、差別が織り成してきた「在日」の姿は変わろうとしている。（パク・イル／大阪市立大学教授）

歴史のなかの「在日」

藤原書店編集部編

「在日」百年を迎える今、この民族と国家の矛盾を一身に背負う存在の意味を気鋭の論者26人が問い直す。

〈座談会〉上田正昭＋姜尚中＋杉原達＋朴一／金石範／山尾幸久／姜在彦／田中宏／李仁夏／坂中英徳／金敬得／井上厚史／高柳俊男／鄭大均／金廣烈／飯田剛史／鄭大聲／伊地知紀子／福岡安則／金守珍／〈対談〉金時鐘＋尹健次 ほか

四六上製　四五六頁　**三一五〇円**

〈岡部伊都子作品選・美と巡礼〉（全5巻）、大好評刊行中！

岡部伊都子さんの手

朴才暎

桎梏《しっこく》からの開放

岡部伊都子という日本人を知らなければ、私の日本観は今日のようなものではなかったと思う。人は誰でも愛したい、愛され愛し合いたい。けれども、朝鮮半島と日本国のねじれた関係の中で、私たち朝鮮人は愛すべき日本人と出会うことができないでいた。心の鎧《よろい》を取り払えば、細やかで穏やかな人々の住む、四季折々の彩りに恵まれたみずみずしい島国は、大陸にはない繊細な「美」の宝庫である。本来ならどれほど伸びやかに屈託なく晴れ晴れと、日本という出生の地を謳歌し、愛したかったことだろう。しかし植民地化された傷をおったまま、我が祖先の地は未だ分断の中にあり、清算も保障もされないまま、理不尽で不当な政治の現実に今も呻吟している人々がいる。朝鮮文化の結実は尊び略奪しながら、朝鮮人には関心を示さず賤しむ日本。いったい、どうやって日本人を愛すればよいのか。憎み、疑う対象の中で、日々の暮らしを営まなければならない葛藤。

その桎梏《しっこく》から救ってくれたのが岡部さんであった。岡部伊都子という人によって、どれほど多くの朝鮮人が（そして日本人が）、「憎む」という囚われから解放されたか知れない。岡部伊都子という日本人に出会って、私は初めて解放され、凍えていた口から「日本語」という隣国の美しい音を安心して上らせ、尊い職能の人々の気高い志によって創り出され守られてきた日本文化と人を、岡部さんの愛するものとして捉えなおしてきた。

美の本質

『美のうらみ』は岡部さんが四十三歳の時の作品だが、日本の四季、手仕事、祭りなど縦横無尽に語りつつ、反戦と反差別に貫かれた現在の仕事の、源流であることがうかがえる。ここには、昨今の日本の右傾化、復古主義の人々なら一見喜びそうな、日本の美を愛する岡部さんの細やかな記述があふれている。しかし岡部さんの仕事の偉大さは、それを単に「日本の美」とせず『美のうらみ』としたことにある。このタイトルははじめ岡部さんの提案ではなかったときくが、真の美が形成されるまでの本質をゆるがせにしない岡部さんの仕事を思えば、まさに本質をついたタイトルである。日本の美を愛し、その美が民衆の日の当たらぬ所業の中から生み出された尊い仕事の結果だと見通す岡部さんだからこそ、国家などというものが振りかざす伝統や文化という視点からではなく、各々の土着の民が産み出した実用と悦びの、珠玉の仕事の結果として「美」を尊ぶのである。

▲岡部伊都子氏

絞りの帯を語って、女の誇り高くも過酷な労働に論がおよび、青松の美しさからハンセン病の苦しさに筆がおよぶ。多くの人が見過ごしてしまう野辺の花や、明るみ陰りの変化を見せる山間の小道、一枚の鏡の由来からさえ男女の愛の機微を語り、そこに至る悠たる時間を辿り、人々の日々の営みに共振し、涙する。人によっては「何もそこまで重く考えずとも、喜びだけをとりあえず味わえばよいものを」と思い、実際に口にしたにちがいない。しかし、表と裏は一体、表層は深奥あってのこととひとたび思い知った人にとって、そのような軽薄な楽しみなど、ありようはずもない。

清らかな産声

岡部さんの手は、その華奢なお姿からは想像できないほど大きく力強い。七十年間ペンを握ってきたその手に、私は私の中で育まれていた「出生地への愛」を、温かく取り上げていただいた。それは初め望まれずレイプのように宿った「鬼子の日本」であったとしても、切なく苦しくそして愛おしく私の胎内に育まれていたものである。岡部さんの清らかな手によってこの世に受け止められたその温かなものが、対立と憎悪の連鎖を断ち切り、どの民衆をも苦しめてきた「国家」と名づけられてきたものを打ち、乗り越え、新しい局面を開いてゆく可能性を私は信じる。わずか六十年前までの悲劇を決して繰り返さないために。

（パク・チェヨン／女性問題心理カウンセラー）

〈岡部伊都子作品選・美と巡礼〉3
美のうらみ
岡部伊都子　解説・朴才暎
四六上製　二二四頁（口絵二頁）　二一〇〇円

リレー連載　石牟礼道子というひと　7

古代人、石牟礼道子

鶴見俊輔

近代的知識人でないからこそ

この人は、古代から来た人か、と感じる人に、まれに出会う。石牟礼道子は、そういう人だ。

太古の人がここに立つと、地球は五千年前とそれほどかわらないように見える。人間同士も、それほどかわっていない。

石牟礼の文章を受けいれると、石牟礼の眼で世界を見るから、現代は太古のように見える。石牟礼のエッセイや論文は、ことごとく、石牟礼の眼で見た劇である。『あやとりの記』や『椿の海の記』のような同時代の記述は、どうしてできるのか。それは著者が幼いときから年寄りとともに育ったからではないか。戦後六十年の今のように、幼い子が老人と離ればなれに暮らし、さらにまた親と子が離ればなれに暮らすということになると、時代をさかのぼる力はますます日本の現代人から離れてゆくのではないか。

そのような育ちかたをして古代人となった著者のところに、現代の出来事として水俣病があらわれたとき、この人は、自分の身内から病人が出たということはなく、自分自身がチッソの被害を受けたというのでなくとも、この病気に魂を奪われた。

もし著者が都会で教育を受けた近代人であったとしたら、自分が水俣病の患者ではないのに、患者の運動と一体になるということはむずかしかっただろう。また事実、水俣病の患者であったら、彼女は、あのように患者にかわって話しつづけ、書きつづけることはできない。

しかし水俣病に自分がおかされていなくとも、近代的知識人でないからこそ、この人は、水俣病によって自分の魂が傷ついた。

感情言語の歴史からとらえなおす

石牟礼道子のことを考えると、おなじ時代に別のところでおこったベトナム人とアメリカ合衆国の人びとの戦い、そして今つづいているイラク人とアメリカ合衆国の人びととの戦いのことに考えが及ぶ。

一度デモクラシーを通してファシズムに成長した日本が、アメリカ合衆国に後押しされて二度目のファシズムに進んでゆくのに、私はどう対するか。

それには、欧米からの翻訳語を駆使して日本の人民大衆にデモクラシーを教える明治以来の日本国家の流儀ではむずかしい。

日本の大学は、明治国家のつくった大学で、国家のつくった大学として、国家の方針の変化に弱いという特徴を持っている。大学人がデモクラシーとか、平和とか言っても、明治国家成立以前の慣習から汲み上げるところがないと、自分らしい思想が強く根を張ることは、むずかしい。

▲石牟礼道子氏

石牟礼道子の著作は、同時代日本の知識人の著作とはちがったものだ。

この人の文章にはじめて出会ったときに私がおどろいたように、そのおどろきが新しい道をひらいたように、特に、現代日本の中での異質性がきわだっている『あやとりの記』、『椿の海の記』に、たじろがずに向かってほしい。著者の中に生きるこどものころ。

ここには、欧米の科学が日本に国策によって輸入され、国家によって育成されてから、国民のあいだに広く分かちもたれた科学言語と平行して、民衆の生活の中に受けつがれてきた共同の感情言語がある。石牟礼道子の祖母、祖母を育てた共同体へとさかのぼってゆくと、どこまでさかのぼることができるか。

日本語と日本文学のつながりを通して、私たちは、日本の伝統をとらえる道を新しく見出す。その道を、石牟礼道子は、ひらいた。アメリカに対する敗戦からかんがえはじめるのでなく、明治国家の成立からはじめるのでなく、明治国家成立以前から長くつづいていた言語と感情の歴史から、法律も哲学もとらえなおす道がある。石牟礼道子を読んで、思うのは、そのことだ。

（つるみ・しゅんすけ／哲学者）

※全文は『あやとりの記』に掲載（構成・編集部）

〈石牟礼道子全集・不知火〉（全17巻・別巻一）
7 あやとりの記ほか
［第6回配本］
［解説］鶴見俊輔
［月報］司修・最首悟・川那部浩哉・沢井一恵
A5上製布クロス装貼函入
五七六頁（口絵二頁）　八九二五円

リレー連載　いのちの叫び　75

命・環境・平和はつながっていた

鎌田 實

田舎医者として、小さな地域の健康と命を守る活動を三〇年やってきて、最近、考えることが多い。

健康づくり運動や、救急医療、高度医療、ホスピス等の「支える医療」のバランスのとれた医療のシステムを考えてきた。最近十年は、福祉とのネットワークの大切さも痛感している。長寿で、医療費の低い地域ができあがりつつある。

しかし、命は医療や福祉だけでは支えられないことがわかってきた。

命を守るためには、生態系の保存や、平和が必要だと思った。思うだけではいけないと思って、十四年前から、チェルノブイリの放射能の汚染地域の子どもの命を守る活動を始めた。七五回の医師団を派遣し、約六億円の医薬品や、医療機器を送ってきた。白血病の子どもたちが助かるようになった。

昨年、イラクのドクターからＳＯＳが入った。劣化ウラン弾のためかは不明だが、白血病や小児の奇形が七倍ぐらい多くなっているという。イラクの子どもたちの命を救う薬を送ることを決めた。第一回の支援は、昨年一一月、四五〇〇万円分の薬をバグダットの二つの病院に送った。戦闘状態のなかで薬は届いた。

一二月に第二次医療支援、本年二月には第三次支援として、血小板輸血ができるように大きな医療機器を送った。キリンビールが、白血球を増やす大切な薬を四〇〇〇万円寄附してくれた。それ以来ぼくは、ビールを飲むときはキリンと決めた。

今、恨みと暴力の連鎖が広がっている。戦争がつづけば、子どもや老人や障害者や女性等弱い人の、命が奪われていく。

今年こそ、平和な世界を作りたいと思う。日本から送られた病気の子どもたちのための薬が、戦場に届くことで、優しさの連鎖が芽生えることを祈っている。

これからも、小さな地域の命を支えながら、地球の環境や、世界の平和にこだわっていこうと思う。

（かまた・みのる／諏訪中央病院医師）

リレー連載　いま「アジア」を観る　26

複数言語競合のアジア

稲賀繁美

アジアとは、共通語をもたない世界である。シンガポールの日本研究者と学術協力をするなら、作業言語は英語となる。長春《チャンチュン》で中国社会科学院の日本研究部と会合をもつなら、公用語は中国語となる。韓国の日本研究者とは日本語でやり取りが許されるが、一歩その共同体を出てしまえば、韓国語抜きの意思疎通は困難だ。中国や韓国の日本学者で英語に堪能な人材など、指折り数える程度しかない。その両者の橋渡しは日本の果たすべき使命だろうが、それに適う人材など僅少に留まる。日・中・韓の学術交流にも、三言語能力が最低条件となる。だがこれら複数言語に対処可能な人材を育成するという教育的努力に、日本が積極的だったとは到底言いがたい。日本研究という小さな分野ひとつとっても、研究成果報告言語は英・日・中・韓……という選択肢に分岐する。国際学術交流などという美辞麗句は掲げながらも、英語圏と中国語圏との実質的な交流は、皆無に等しいままとなる。

加えて地域研究は、昨今の教育・研究の世界では縮小を余儀なくされている。そうした不景気な学問市場にあって、業績発信にどの言語を選択するかは、ひとりの人間とその家族の一生を左右する。日本語での業績作りの片手間に製造した英語論文程度では、シンガポールや香港の英語圏学問市場で認知されるはずがない。逆に英語や中国語を主要出力媒体に選べば、日本国内の市場では生存困難となる。日本語業績が国外で評価されて通用するだろう——といった甘い幻想は、捨てたほうが健全だろう。

「複数のアジア」を口で唱えるのは容易だ。だがその可能性と陥穽とを冷徹に見通さねばならない。戦前・戦中期なら、松本重治が英語一本で『上海時代』を書くこともできた。だが、今日ではアジア諸言語に渉る知的情報の確保は、はるかに困難となっている。学術言語における覇権主義にどう対処するか。アジアを論ずる際に無視できない一問題だろう。

（いなが・しげみ／国際日本文化研究中心《センター》教授）

Le Monde

■連載・『ル・モンド』紙から世界を読む　26

「この恥は国民のアイデンティティ」

加藤晴久

一九四五年一月二七日、アウシュヴィッツ強制収容所はソ連軍によって解放された。その六〇周年の機会に行われた式典でのドイツ・シュレーダー首相とフランス・シラク大統領の格調高く熱誠溢れる演説は、今の時勢を考え合わせると、日本でこそ多くの人々が胸に手を当てて熟読玩味すべきものと思う（『ル・モンド』一月二八日付）。一月二五日、ベルリンのドイツ劇場でシュレーダー首相が述べたことばをいくつか紹介する。

「アウシュヴィッツの後、悪というものが実在することを、その悪はナチスによるジェノサイドという形をとって現れたことを、誰も否定できません。であるからといって、あの悲劇を『悪魔』ヒットラーの人格で説明する古い言い訳を持ち出そうとするのではありません。ナチス・イデオロギーは肥沃な土壌を見いだしたのでした。人間が望み人間が作ったものなのです。」

「六〇年後の今、わたくしは民主主義国ドイツの代表として、殺害されたすべての人々、収容所の地獄を生きのびた人々に（全ヨーロッパのユダヤ、ロマ、同性愛者、反体制活動家、捕虜、レジスタンの人々に）、わたしの恥（＝慚愧の念＝honte）を表明します。」

「ナチス体制下の戦争とジェノサイドの記憶は……ドイツ国民のアイデンティティの一部になっています。ナチスとその犯罪を忘れないこと、これは道徳的な義務です。われわれはこれを、犠牲者だけでなく……われわれ自身に対して負っているのです。」

ネオ・ナチス政党が頭をもたげたり、「被虐史観」からの脱却を主張したり、「世界はドレスデンを覚えているか」（一九四五年二月、米英空軍の爆撃でドレスデン市は壊滅し三万五千人の市民が死んだ）式の、加害者が被害者顔をする論調が現れたりしているが、ドイツの指導者たちは過去を客観的かつ真摯に反省し、自由と民主主義、人権を国が拠って立つ原理とする固い決意を鮮明にしている。だからこそ国際社会の信頼をかちえているのだろう。

（かとう・はるひさ／東京大学名誉教授）

triple ∞ vision 47

刹那の景色 ——アイルランド

吉増剛造

これが果して、うつって、*film* に、ことに、その驚きのときの色調が残っているのかどうかと案じつゝ、*Ireland*、大西洋岸の古い、かつては漁夫たちの港町 *Galway* の宿で、わたくしのなかの別の心も刹那の景色が消えぬうちにと書きだしていた。EUジャパンフェスト日本委員会（……と、楠本亜紀さん）からアイルランドへ、写真家として派遣をされてほゞ十日、ダブリン、コーク、ゴールウェイを過ぎ、わたくしの心中の目的地（*Drumcliffe Sligo*）、W・B・イエイツの古里である *Benbulben* 山塊の山懐にたどりつき、そういっても決して過言ではないでしょう、幽冥のところとときを過すことほゞ五日。『ケルトの薄明』『ヴィジョン』等を読み込んでいた。ことに後者は、イエイツの哲理の骨格をなす難書中の難書。わたくしも読みとおすのに二十年をかけていたのかも知れなかった。「月を沈黙《しじま》の友として」（イエイツ）とまではわたくしの沈思は到底深まりはしないけれども、〝精霊たちが現在に近づくと、すべてはかすむ〟（イエイツによる、ダンテ『地獄篇』の引用）その、微妙な土（つち）の香り、心のはなの色、その枝の翳《かざ》しかたもこと（異）なるだろう、心細さの〝かすみ〟、〝かすれ〟、そう、少し〝さび〟の接木（つぎき）を、この「現在」に移し変えてみることは、「瞑想」がこれからはさぞ複雑になるだろうけれども、決して不可能なことではない。……と独り

言ちながら、さらに再（また……）臆病になって行くのだった。臆病（*nervous shyness*）なのがいゝ。心細さ（*helpless loneliness*）を、さらなる臆病を心の底に、それをもとめて、人（ひと）は、生命《いのち》の糸を日々、掌に、手繰っているのかも知れないね。こうして、〝……ね〟と粒焼くときを多々（さらにさらに）持つようにするとき、精霊の色が幽かにかすんで香ることもあるのではないのだろうか、……。桃色（香るような「赤」の匂い）を忘れているね、数千万年も、……と、粒焼きつゞけていたのかどうか。気がつくと、わたしはシャッターを切りはじめていた。そこがわたくしの「写真の眼」のあるところ。少しかすんだ、少し離れた、クルマのハコのどこかに、わたくしはいて、突然の衝突現場に、シャッターを切っていた。N*17*（*Sligo, Galway*）幹線道路が、海の香りの血の汐だ！　〝海の香りの、……〟は、一、二秒で、その事故が、魚の大箱を運んでいた大型コンテナ車であることを知ってのことだった。ほとんど事故の渦中のいまの（血の色の）桃色の（かすんでいる）現在の〝精霊〟と、ある現在のかげ（ひと）（まず、そう、云います）だった。　（よします・ごうぞう／詩人）

連載　思いこもる人々　48

美しい心・やさしい心・つよい心の

岡本佳子様

のキィワード

岡部伊都子

二年前の八月、北海道の旭川での「小さな平和のつどい」に参加した時、札幌の岡本佳子《よしこ》さんから、テープメッセージが届きました。亡き三浦綾子様が童話を書かれた時、そのさし絵を担当された岡本佳子さん。

生まれつきのダウン症で、お医者さんは「すぐにも」とご両親に覚悟をするように言っておられたそうですが、何ともふしぎなお力で、三十有余歳までまだお元気です。

ご家族の愛に見守られて、すばらしい絵を描かれ、賢い、深い、愛のメッセージを、発しつづけていらっしゃいます。札幌はもちろん、旭川でも何回か個展が開かれていて、どんなにか沢山の鑑賞者の心を励まされてきました。おとなも、子どもも、みんな力づける佳子さんの呼びかけは、「美しい心、やさしい心、つよい心」。

この最後のつよい心！が、美しい心をも、やさしい心をも、立派に支えているんですね。

ずっとずっと、世界には辛い事が起こりつづけている今日も、佳子さんのメッセージのように「人間の一番いやな事が毎日ラジオ、テレビに流れていて、特にお母さんは涙ぐんでいます」由。このお母さんのご理解こそ、「佳子のように『いたみ』を持った人たちを『心のこもった優しさで』お育てになられた」勇気、努力の根源でしょう。

佳子さんの描かれる絵に胸うたれ、涙せずにいられないのは、どんな小さな存在の絵にも、木や木の葉、雑草や川の魚、獣たちはもちろん、みんな笑っているのです。道ばたの石地蔵の顔も笑顔、空の雲も、月も、星も、みんな笑ってます。

この笑顔の芯の「つよい心」から「たくさんたくさんの愛の心」が生まれます。ダウン症の岡本佳子さんのキィワード。

――「生きる」事を大切に、世界中の皆が仲良く、弱い人を助け、強い人はいつの日も立派に、心優しい人になってほしいです。人間である事の智恵を「良い方」に「力」を注いでほしいです。一日も早く平和な世の中になる事を、手と手を合わせお祈りしている毎日です――（メッセージ）

人も、つよい心からの愛で微笑みましょう！　人も。（おかべ・いっこ／随筆家）

連載　帰林閑話　125

名宰相

一海知義

いささか旧聞に属するが、先の国会での首相の施政方針演説を、新聞で読んだ。今度も出て来るだろうなと思って読んでいたら、案の定出て来た。中国古典の引用である。

昨年は『墨子』で、今年は『孟子』である。昨年私は、『墨子』の引用の仕方につき、「断章取義」と題する短文を書いて、これを批評した。

「断章取義」とは、一冊の書物あるいは一篇の文章全体の主旨とは無関係に、または主旨に反して、自分に都合のいい部分だけを抜き出して使うことをいう。

昨年の『墨子』引用は、その典型の一つだった。今年はどうか。

『孟子』を引用したその部分を、新聞の報道によって再録すると、

「私は、内閣総理大臣に就任して以来、日夜、緊張と重圧の中で、いかに総理大臣の職責を全うすべきか、全精力を傾けてまいりました。困難な課題に直面するたびに、『天の将（まさ）に大任をこの人に降（くだ）さんとするや、必ずまずその心志を苦しめ、その筋骨を労せしむ』という孟子の言葉を胸に、改革の実現に邁進（まいしん）してまいりました。」

首相の意気、まことに盛んである。しかし、引用された『孟子』の直前の文章を読んでみると、首相の無邪気な厚顔ぶりが明らかになる。

『孟子』の前段には、「天の将に大任を降さんと」した人物たちの名前が列挙してある。それらはすべて中国古代において名宰相と呼ばれ、歴史に名を残した人々である。「管鮑《かんぽう》の交《まじわ》り」で知られる斉《せい》の管仲をはじめ、傅説《ふえつ》、膠鬲《こうかく》、孫叔敖《そんしゅくごう》、百里傒《ひゃくりけい》。

彼らは苦境の中から、いわゆる名君と呼ばれる支配者たちに救い出され、その政治的手腕を発揮した。

もし首相が『孟子』前段も読んでいたのだとすれば、自らも名宰相として後世に名を残したいということか。

「改革」の中身と軽薄な言動を知っている人々は、その無邪気さに驚いている。

（いっかい・ともよし／神戸大学名誉教授）

（ハチドリの描かれた彩文土器／ペルー、ナスカ博物館）

連載・GATI　63

ナスカに瑞鳥ハチドリは飛来したか

―― 地上絵や土器紋様から古代ナスカを推理する／「飛翔」考⑬ ――

久田博幸
（スピリチュアル・フォトグラファー）

二〇世紀前半に米国の考古学者ポール・コソックが古代水路調査のためにナスカ（南米・ペルー）上空を飛行中、「地上絵」を最初に発見したといわれている。パンパ（大平原）と呼ばれる砂漠に多くの生物や無数の直線、幾何学図形が描かれている。地上絵の解釈には宇宙人交信説、天《あま》の河《かわ》説、天体運行《カレンダー》説と種々あるが、新たな説では無数の直線は周囲の山々を指しており、ナスカが雨乞い儀礼の壮大な聖地であったという。さらに、灌漑技術導入と同時期に地上絵は描かれなくなったとも述べる。

前《プレ》インカの人々が地上絵や土器紋様などに魂を運ぶと信じた「ハチドリ」を描いたのは興味深い。約三五〇種近いこの鳥の代表格はズアオ・エメラルド・ハチドリで体重約四g、体長約八cmで長い嘴《くちばし》と舌で、羽ばたきながら空中停止《ホバーリング》して蜜を吸う。春から夏の雨期に繁殖し、その飛来は雨の前兆《まえぶれ》ともされた。

しかしながら、太古から超乾燥状態が続くという砂漠の地ナスカに、果たして、蜜を求めて飛来するハチドリのための花々は在ったのか。または、ある時期豊潤な沃野が存在したのか。宇宙との関係に目も心を奪われて、誰も語らぬ謎である。

二月新刊

宗教の壁を超えた世紀の対話の記録！

聖地アッシジの対話

聖フランチェスコと明恵上人

河合隼雄＋J・ピタウ

聖地アッシジで、カトリック大司教と日本の文化庁長官が、中世の同時代に生きた二人の宗教者に学び、今、人類にとって最も大切な「平和」について、宗教の壁を超えた「祈り」「許し」「貧しさ」を鍵に徹底的に語り合った、歴史的対話の全記録。

Ｂ６変上製　二三二頁　**二三一〇円**

原文に忠実で、最も明解な入門書！

「作品」として読む 古事記講義

山田永

謎を次々に読み解く、最も明解な入門書。古事記のテクストに徹底的に忠実になることで、初めて見えてくる「作品」としての無類の面白さ。これまでの古事記研究は、「古事記で（何かを）読む」ことであって、「古事記（そのもの）を読む」ことではない。

Ａ５上製　二八八頁　**三三六〇円**

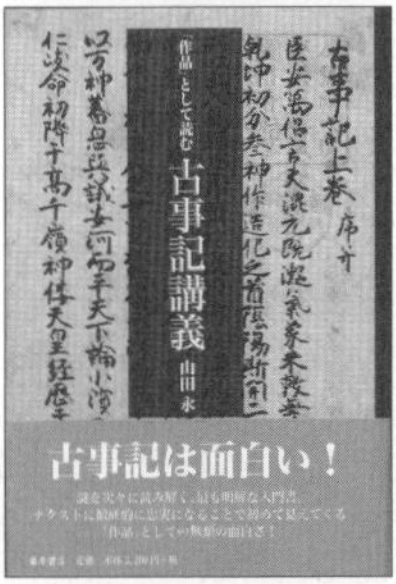

映像でしか味わえない対話の妙味

〈藤原映像ライブラリー〉　**ＤＶＤ**

老年礼賛

対話　**岡部伊都子　鶴見俊輔**

「若さからの解放が、そうとう楽しいことなんですよ」（鶴見俊輔）「先生、耄碌も一つの解放でっせ」（岡部伊都子）……活字では表せない沈黙の重さ、〝間〟の妙味が味わえる珠玉の作品。

一二〇分　八頁小冊子付　**五〇四〇円**

姉妹版 **まごころ**　**一五七五円**　**絶賛発売中！**

台湾を「国家」としてトータルに設計

決定版 正伝 **後藤新平**　（全８分冊・別巻一）　内容見本呈

鶴見祐輔　一海知義・校訂

３ 台湾時代　一八九八～一九〇六年

「今日の台湾は、後藤新平の築いた礎の上にある。」（**李登輝** 台湾前総統）

四六変上製　八六四頁（口絵四頁）　**四八三〇円**

古人の情念をなまなましく描く

〈岡部伊都子作品選・美と巡礼〉２（全５巻）

かなしむ言葉

万葉集、源氏物語、古今和歌集等、古人の言葉から掘り起こした情念のあわいに踏み込む「いまをかなしむ言葉」。

［解説］**水原紫苑**　［第２回配本］

四六上製　二二四頁（口絵二頁）　**二一〇〇円**

読者の声

古都ひとり■

▼「呪」「闇」などのタイトルの『古都ひとり』を懐かしく想い出します。新しく確認したい事もあり、求めました。岡部先生にいただいた先生の御写真をテレビの横に置き、しかってもらっております。昔、松永伍一先生と対談させていただいた折、『日本の子守唄』（中公新書）をいただきましたが、原荘介氏だったのですね。CDにされたのが一・一四。皆様の健康、世の平和を祈ります。〇五・

（島根　池田一憲）

▼私の父母は、随筆家の岡部伊都子さんと同じ一九二三（大正十二）年生まれです。生前の父の書棚に、岡部さんの『おむすびの味』やその続編、坂村真民さんの『念ずれば花ひらく』などのご本が大事に並んでいました。青年期の私には、和服姿の岡部さんのお写真を拝見して、古風で素敵な方という印象がありました。この度の『古都ひとり』に載せられた若い日の岡部さんのお姿は、私（五十七歳）にとっては何十年振りの再会でした。父が大ファンだった岡部さんのご本は、出版の度に買い揃えて、その名随筆に陶酔している私です。今になれば、お姿だけでなく、人としての温もりのある文章に、父が惹かれた心情が分かるような気がします。父から譲り受けた私の書棚にも、岡部さんのご本が並んでいます。『岡部伊都子作品選・美と巡礼』（全五巻）の刊行が始まりました。とても楽しみです。岡部さん、ご無理がない程度に、これからもたくさんの随筆をお届け願います。

（兵庫　松本修一　57歳）

▼貴社が民主反抗の書を刊行下さることに、深い感謝をささげています。

（広島　豊田清史）

環20号〈特集・「情報」とは何か〉■

▼特集の「情報」編もさることながら、今号の白眉は、鶴見和子さんの「特別寄稿」です。一言一句、しみ入るように胸に届いてくることばの数々。ゆたかな人生、実りある活動・行為を積み重ねてみえた方ならではのこころのたたずまい、二〇号を区切りに『環』誌のエッセンスを一冊にされるような企画があれば、ぜひともそこに加えていただきたい秀逸な講演記録でした。

（三重　高校教員　野崎智裕　45歳）

資本主義vs資本主義■

▼多様な資本主義の形態が今、求められていると思う。市場原理オンリーでは駄目になってしまうと思う。

（大阪　三星行雄　72歳）

まごころ■

▼岡部さんの凛とした生き方に心を引かれています。

（岡山　教員　羽原敏徳　51歳）

スピリディオン■

▼知名度の低い、かくれた名作を発行して下さって、うれしいです。

（高知　団体職員　若﨑美和子　40歳）

〈決定版〉正伝 後藤新平■

▼この機会に、後藤新平の一代を知るべく、たまたま養老氏の毎日新聞の書評を見て、購入した。読み易いように工夫されていることに敬服しました。

（静岡　無職　御室龍　79歳）

▼この伝記には、後藤新平の書いた上申書や書簡が豊富に掲載されており、後藤新平自身の考え方がよくわかります。彼の計画立案は今から見ても発想には新しいものがあります。彼の能力の優秀さもありますが、それを受け入れてくれる上司や

国の官僚たちがいたことには驚かされます。近代国家を目指す草創期の柔軟性を見ることができます。後藤新平の構想力には学びたいものです。

（茨城　高等学校教諭　**栗原亮**　58歳）

日露戦争の世界史■

▼日露講和会議仲介の労を取り、一貫して日本側支援の立場をとって来た米国は、単なる好意からではなく、フィリピン支配の都合上であり、韓国の日本による支配容認と関連したものであることが、あまさず明らかにされている。他の列強も同様、清国の分割統治と満州の利権を視野に入れたものであった。韓国の苦難と清の悲劇を思うとき、国際政治の冷酷さを慨嘆せざるを得ず、後の太平洋戦争突入の必然性を見てしまう。

（埼玉　図書館員　**若園義彦**　57歳）

人類の聖書■

▼大変、すばらしい本ですね。感心しました。

（福岡　キリスト教隠士・板絵塾講師　**井上陽二郎**　57歳）

「機」二〇〇五年一月号■

▼謹賀新年。「機」の、深くそして幅広い編集の姿勢にいつも感服しています。一五六号では、竹内敏晴氏の根源的な「現代日本社会」への警告に感銘を受けました。表面的な「情報」技術にふりまわされがちな日常を、深く反省。また、袴田茂樹氏のアジア論には、二十年前のインドネシア出張時に耳にしたインドネシアの方の言葉を思い出しました。「日本人は、アジアの人間に希望を与えた歴史を忘れているのか？　アジア人も技術文明を制御できることを示した日本人。オランダとの独立戦争で『勇気』を教えた日本人。金持ちの生き方以外を示した日本人。」

（香川　**木下彰**）

※みなさまのご感想・お便りをお待ちしています。お気軽に小社「読者の声」係まで、お送り下さい。掲載の方には粗品を進呈いたします。

書評日誌（一・一〜一・三一）

（書）書評　（紹）紹介　（記）関連記事　（TV）紹介、インタビュー

一・一　（書）新KH報第94号「戦後文壇畸人列伝」（「わが目覚めの導きの星たち」／「わが読書・鈍行の旅83」／「石田健夫『戦後文壇畸人列伝』読後ノートのつづき」）

一・四　（紹）琉球新報「川平成雄氏インタビュー」「沖縄・一九三〇年代前後の研究」（「あしやぎ」／『戦争への道』にメス入れる」）

一・五　（記）毎日新聞「石牟礼道子氏インタビュー」（「語る」／「戦後60年の節目に4」／「日本の若者に何をしてやれるか」／「あがない求めぬ行為示せ」／玉木研二）

（記）産経新聞（岩手版）「後藤新平の全仕事」「シンポジウム『今、なぜ後藤新平か？』」「時代の先覚者・後藤新平」（「比較再考　平民宰相と大風呂敷1」／「郷土の偉人に新たな光」／「対照的な二人」／山本雄史）

一・六　（記）産経新聞（岩手版）「後藤新平の全仕事」（「比較再考　平民宰相と大風呂敷2」／『大衆』と『文明』の利益」／「政党政治へのかかわり方」／山本雄史）

一・七　（記）産経新聞（岩手版）「後藤新平の全仕事」（「比較再考　平民宰相と大風呂敷

3」／「出身藩の個性 色濃く」／「南部人と伊達人」／山本雄史）

一・八 (記) 産経新聞（岩手版）「後藤新平の全仕事」（「比較再考 平民宰相と大風呂敷4」／「輝き続ける〃作品〃東京」／「後藤の『百年の計』」／山本雄史）

一・九 (記) 産経新聞（岩手版）「後藤新平の全仕事」（「比較再考 平民宰相と大風呂敷5」／「〃元祖マニフェスト〃提示」／「原の政治的遺産」／山本雄史）

(紹) 日本経済新聞「わたしの名は紅」「オルハン・パムク氏来日インタビュー」（「Sunday Nikkei α」／「あとがきのあと」／「東西の出合い、谷崎に共鳴」）

(書) 河北新報「わたしの名は紅」（「読書」／「トルコ人芸術家の苦悩」／野中恵子）

(書) 新潟日報「わたしの名は紅」（「読書」／「今週のおすすめ」／「トルコ人芸術家の苦悩」／野中恵子）

(書) 神戸新聞「編集とは何か」（「出版界の危機への助言」／北沢街子）

(書) 神戸新聞「わたしの名は紅」（「読書」／「苦悩するトルコ人描く」／野中恵子）

(書) 愛媛新聞「編集とは何か」（「出版界が抱える危機へ助言」／北沢街子）

一・一〇 (記) 産経新聞（岩手版）「後藤新平の全仕事」「〈決定版〉正伝 後藤新平」（「比較再考 平民宰相と大風呂敷6」／「政争に走らず政策論議」／「将来の理想vs現実の事実」／山本雄史）

一・一一 (記) 産経新聞（岩手版）「後藤新平の全仕事」「〈決定版〉正伝 後藤新平」「鶴見和子曼荼羅」（「比較再考 平民宰相と大風呂敷 番外編」／『自治三訣』に教育の理想」／「『後藤新平の全仕事』刊行プロジェクト」／山本雄史）

(記) 朝日新聞「苦海浄土」「石牟礼道子全集・不知火」「石牟礼道子氏インタビュー」（「私たちがいる所4」／「戦後60年から」／「倫理観や信義はどこに」／「若者の飢餓感には期待」／池見哲司）

(書) エコノミスト「時代の先覚者・後藤新平」（「榊原英資の通説を疑え」／「後藤新平の国家構想力に学ぶ」／榊原英資）

(紹) 沖縄タイムス「沖縄・一九三〇年代前後の研究」「川平成雄氏インタビュー」（「魚眼レンズ」／「激動の時代を根底から」）

一・一三 (記) 北海道新聞「帝国以後」（「卓上四季」）

一・一四 (紹) 日本経済新聞「後藤新平の全仕事」「〈決定版〉正伝 後藤新平」「時代の先覚者・後藤新平」（「文化往来」／「リーダー像を探る『後藤新平の全仕事』」）

(書) 東奥日報「編集とは何か」（「出版の危機へ助言」／「北沢街子」）

(紹) 朝鮮日報「まごころ」（「鶴見俊輔vs岡部伊都子」／「弱者の視点で強者をうち砕く」）

一・一五 (記) 朝日新聞「後藤新平の全仕事」（「私の視点」／「二〇〇五年に寄せて」／「後藤新平」／「市民の自治問う姿勢学べ」／青山佾）

一・一六 (書) 信濃毎日新聞「時代の先覚者・後藤新平」（「後ろ盾より器量生かす政治家」／根井雅弘）

(書) 宮崎日日新聞「編集と

は何か」（「出版界の未来憂い助言」／北沢街子）
(書) 新潟日報「編集とは何か」（「出版界の未来憂い助言」／北沢街子）

一・二二 (紹) 岩手日報「まごころ」（「新刊寸評」）

一・二三 (書) 毎日新聞「〈決定版〉正伝 後藤新平 1医者時代」（『文明国』日本が失った真の官僚」／養老孟司）
(書) 読売新聞「わたしの名は紅」（「よみうり堂 本」／「今日性はらむ歴史小説」／吉田直哉）
(書) 京都新聞「編集とは何か」（「出版界の未来を現場から憂う」／北沢街子）
(紹) 信濃毎日新聞「まごころ」（「新刊」）
(紹) 福島民友「まごころ」（「読書」）
(紹) 山陽新聞「まごころ」（「ほんの寸評」）
(紹) 山梨日日新聞「まごころ」（「新刊紹介」）
(紹) 北國新聞「まごころ」（「新刊」）
(紹) 琉球新報「まごころ」（「新刊紹介」）

一・二五 (紹) 朝日新聞（夕刊）「日露戦争の世界史」（「窓」／「論説委員室から」）／「日露戦争の世界史」／高成田享）
(書) エコノミスト「脱商品化の時代」（「榊原英資の通説を疑え」／「アメリカはどこへ行くのか」／榊原英資）

一・二六 (書) 日刊ゲンダイ（B版）「わたしの名は紅」（「今週のミステリー」／「現代トルコの傑作歴史ミステリー」）

一・二七 (記) 新文化「藤原書店十五周年記念パーティ」「藤原書店十五周年記念シンポジウム『今、世界の中で日本外交はどうあるべきか？』」（「藤原書店が十五周年」／「記念パーティーとシンポ開催」）

一・二八 (紹) 週刊朝日「石牟礼道子全集・不知火」（「週刊図書館」／「読書日和」／「浄土への思いをこめて痛みとかなしみを感じる」／五木寛之）
(紹) 熊本日日新聞「まごころ」（「新刊レビュー」）

一・二九 (書) 週刊東洋経済「脱商品化の時代」（「ブックレビュー」／「注目の一冊」／「カオス的分岐の時代から新たなシステムを探る」／熊野政晴）

一・三〇 (紹) 神奈川新聞「おどりは人生」（「女と男のBOOKナビ」／『踊り』を生きる人たち」／横浜市女性協会）
(紹) 河北新報「まごころ」（「新刊抄」）
(紹) 愛媛新聞「まごころ」（「新刊」）

一・三一 (紹) 東京新聞（夕刊）「脱＝『年金依存』社会」（「論壇時評」／「少子高齢化社会の行方」／「年金スリム化で出生率回復」／「人口逓減織り込んだ制度を」／宮崎哲弥）
(紹) 産経新聞「わたしの名は紅」

一月号 (紹) 大連会会報57号「満洲とは何だったのか」（「大連ブックスタンド」）
(紹) 人間会議二〇〇四年冬号（宣伝会議一月号別冊「ハンナ・アーレント入門」（「ハンナ・アーレント」／『労働』の浸透で公的空間が喪失する」／杉浦敏子）
(紹) 現代化学No.406「物理・化学から考える環境問題」（「ピックアップ」／「新刊図書」）
(紹) 中国図書「朝鮮母像」（「二〇〇四年読書アンケート」／伊東昭雄）

四月新刊

日本外交に未来はあるか？

環 学芸総合誌・季刊 【歴史・環境・文明】 Vol. 21

〈特集〉いま、日本外交はどうあるべきか？

〈シンポジウム〉「今、世界の中で日本外交はどうあるべきか？」
[講演]崔文衡 [討論]崔文衡＋飯塚正人＋小倉和夫＋木村汎＋辻井喬＋[コーディネーター]御厨貴
〈対談〉緒方貞子＋鶴見和子
〈寄稿〉カレール＝ダンコース(インタビュー)／ウォーラーステイン／高銀(インタビュー)／姜尚中(インタビュー)／劉徳有／馮昭奎／山本勲／高成田享／天日隆彦／池村俊郎／李御寧／勝俣誠／西川潤／田中秀臣／伊勢﨑賢治／臼井隆一郎
〈シンポジウム〉「今、なぜ後藤新平か？」新村拓＋御厨貴＋青山佾＋佐野眞一＋加藤登紀子＋鶴見俊輔＋[司会]粕谷一希
〈特別対談〉パムク＋佐藤亜紀
〈連載〉鶴見和子／榊原英資／子安宣邦／粕谷一希／石牟礼道子

文装的武備による世界政策

決定版 正伝 後藤新平 (全8分冊・別巻一)

内容見本呈

鶴見祐輔 一海知義・校訂

4 満鉄時代 一九〇六〜〇八年

列強の利害がひしめく満洲に、初代満鉄総裁として赴任。文装的武備、「新旧大陸対峙論」など、世界大の視野をもつ思想を開花させ、その後の満洲経営の確固たる礎を築く。

人間にとって一番大切なこと

〈ジョルジュ・サンド セレクション〉(全9巻・別巻一)

8 ちいさな愛の物語

小椋順子訳＝解説

母を亡くした悲しみに耐え幸せをつかむ少女の物語『ピクトルデュの城』、鳥になって飛び去るほど鳥を愛した少年の物語『勇気の翼』——自然と人間の交流、澄んだ心だけに見える不思議な世界を描き、人間にとって一番大切なことを語る。 [第3回配本]

歴史にしっかり足跡をつけてきた女たち

〈岡部伊都子作品選・美と巡礼〉4 (全5巻)

女人の京

「善信尼」「持統天皇」「称徳天皇」「蓮月尼」「池玉瀾」他、京都・奈良にゆかりのある古代から近世の女たちの足跡をたどり、確とした自我をもち生きぬいてきたその姿を描く。

[解説]道浦母都子 [第4回配本]

人権をめぐるジレンマを超える！

人権思想をひらく

チャールズ・テイラーとの対話

森田明彦

国境を越え、女性や子供に襲いかかる今日の人権問題。他方、価値観の押し付けにもなりうる介入。こうしたジレンマの要因たる、個人主義的＝西欧近代的な人権観を、テイラーの思想を手がかりに根底から覆す！

3月の新刊

タイトルは仮題

絆(きずな) *
加藤登紀子+藤本敏夫
[推薦]鶴見俊輔
四六変上製 五二〇頁 二六二五円 写真多数

中世とは何か *
J・ル=ゴフ/池田健二・菅沼潤訳
四六上製 三二〇頁(カラー口絵一六頁) 三四六五円

ゴッホはなぜゴッホになったか *
N・エニック/三浦篤訳
A5上製 予三六八頁 予三九九〇円

歴史のなかの「在日」 *
上田正昭+姜尚中+杉原達+朴一ほか
四六上製 四五六頁 三一五〇円

〈岡部伊都子作品選・美と巡礼〉3(全五巻)
美のうらみ * [第3回配本]
岡部伊都子 [解説]朴才暎
四六上製 二二四頁(口絵二頁) 二一〇〇円

〈石牟礼道子全集 不知火〉7(全17巻・別巻一)
あやとりの記 ほか * [第6回配本]
[解説]鶴見俊輔
A5上製布クロス装貼函入 五七六頁
口絵・月報付 八九二五円

近刊

学芸総合誌・季刊
『環 歴史・環境・文明』㉑ 05・春号 *
〈特集・いま、日本外交はどうあるべきか?〉

『〈決定版〉正伝・後藤新平』(全8分冊・別巻一)
4 満鉄時代 一九〇六〜〇八年 *
鶴見祐輔/校訂・一海知義

〈岡部伊都子作品選・美と巡礼〉4(全五巻)
女人の京 * [第4回配本]
岡部伊都子 [解説]道浦母都子

〈ジョルジュ・サンドセレクション〉8(全9巻別巻一)
ちいさな愛の物語 * [第3回配本]
小椋順子訳=解説

人権思想をひらく *
チャールズ・テイラーとの対話
森田明彦

日韓詩人の対話
高銀+吉増剛造

グスタフ・マーラー 交響曲のすべて
C・フローロス/前島良雄・前島真理訳

エミール・ゾラ 1840-1902
宮下志朗・小倉孝誠編

2月の新刊

聖地アッシジの対話 *
聖フランチェスコと明恵上人
J・ピタウ+河合隼雄
B6変上製 二三二頁 二三一〇円

「作品」として読む 古事記講義 *
山田永
A5上製 二八八頁 三三六〇円

『〈決定版〉正伝・後藤新平』(全8分冊・別巻一)
3 台湾時代 一八九八〜一九〇六年 *
鶴見祐輔/校訂・一海知義
四六変上製 八六四頁 四八三〇円

好評既刊書

〈岡部伊都子作品選・美と巡礼〉2(全五巻)
かなしむ言葉 * [毎月刊]
岡部伊都子 [解説]水原紫苑
四六上製 二二四頁(口絵二頁) 二一〇〇円

〈藤原映像ライブラリー〉
老年礼賛 *
鶴見俊輔・岡部伊都子
一二〇分 八頁小冊子付 五〇四〇円 DVD

学芸総合誌・季刊
『環 歴史・環境・文明』⑳ 05・冬号
〈特集・「情報」とは何か〉
菊大判 三七六頁 二九四〇円

〈岡部伊都子作品選・美と巡礼〉1(全五巻)
古都ひとり [毎月刊] 発刊
岡部伊都子 [解説]上野朱
四六上製 二一六頁(口絵二頁) 二一〇〇円

資本主義vs資本主義
制度・変容・多様性
R・ボワイエ/山田鋭夫訳
四六上製 三五二頁 三四六五円

〈ジョルジュ・サンドセレクション〉6(全9巻・別巻一)
魔の沼 ほか [第2回配本]
持田明子訳=解説
四六変上製 二三二頁 二三一〇円

〈石牟礼道子全集 不知火〉8(全17巻・別巻一)
おえん遊行 ほか * [第5回配本]
[解説]赤坂憲雄
A5上製布クロス装貼函入 五二〇頁
口絵・月報付 八九二五円

*の商品は今号に紹介記事を掲載しております。併せてご覧戴ければ幸いです。

書店様へ

▼いつもお世話になっています。▼歌手生活四十周年を迎えた加藤登紀子さんの、亡くなられた伴侶藤本敏夫さんとの獄中往復書簡を収めた**『絆(きずな)』**を刊行します。二人の獄中往復書簡が公開されることだけでも話題性十分ですが、四十周年記念でテレビや新聞社の取材が殺到していますので、更に大きな話題となること必至。店頭での大展開をお願いします。▼お蔭様で小社は本年**創立十五周年**。それを記念して、ジュンク堂書店大阪本店様に続き、今月一〇日より丸善福岡ビル店様で**小社全点フェア**を開催。貴店でも是非。また、**『環』**は来月刊行の**21号〈特集・いま、日本外交はどうあるべきか?〉**で**創刊五周年**。この記念フェアもお願いしています。▼今月、**『声の文化と文字の文化』**(一三刷)、**『差異と欲望』**(五刷)を増刷。いずれもロングセラー。平積みでのご販売をお願いします。(営業部)

『絆(きずな)』刊行記念

加藤登紀子サイン会

歌手生活四十周年記念出版『絆(きずな)』の刊行に合わせて、全国の書店で加藤登紀子さんのサイン会を行います。

3/25(金) 午後六時〜
三省堂書店名古屋高島屋店
(電話・〇五二―五六六―八八七七)

3/27(日) 午前一一時〜
ジュンク堂書店三宮店
(電話・〇七八―三九二―一〇〇一)

3/27(日) 午後一時半〜
紀伊國屋書店梅田本店
(電話・〇六―六三七二―五八二一)

4/3(日) 午前一二時〜
紀伊國屋書店新宿本店
(電話・〇三―三三五四―〇一三一)

4/13(水) 午後六時〜
丸善福岡ビル店
(電話・〇九二―七三一―九〇〇〇)

出版随想

▼今、マルクスが売れているらしい。本当かな、と思うが、先日、『資本論』の新訳を刊行した筑摩書房のT氏から直接聞いたのでデマではないようだ。数年前には、ヘーゲルの新訳などが相次いで刊行され、それも次々と重版になったと聞くし、今度はマルクス。三十余年前にマルクスを齧った人間としては、嬉しくもあり、興味もある。

▼『マルクスに凭れて六十年』という本もあるように、マルクスを研究して生活の糧にしてきた人はどれだけいるだろうか。かつて、丸山真男氏と会った際にも、氏が「社会科学といえばマルクスだからね。」と苦笑いしながら語っていたことを思い出す。それだけマルクスは読まれ研究されてきた。それが、三十数年前から潮が引くように、東西ドイツの壁の崩壊、ソ連の解体、社会主義圏の崩壊が続いた八〇年代末から九〇年代にかけて、殆どマルクスは忘れられていった。それが、今、何故マルクスなのか。

▼独社会民主党の指導者であり、マルクスの友でもあったW・リープクネヒトは、マルクス、エンゲルスの死後、「思い出」の中でマルクスの魅力を次のように語っている。「マルクスはすぐれた教育者であった。……ある日、マルクスは、私がスペイン語を知らないということで私を叱りつけ、すぐさま山積みの書籍の中からドン・キホーテをぬき出し、直ちに講義した。私は、ディーツのロマン語比較文法典によって、文法と言葉の組立ての大要を知った。」「マルクスはすぐれた言語学者であった。……マルクスは、グリムのドイツ文法典をもっとも正確に知っており、グリム兄弟のドイツ語の辞典を言語学生の私よりもよく覚えていた。マルクスは言語の本質を知っていたので言語を覚えることは難しいことではなかった。ある国語に実際に精通しようとするなら、読むことがもっとも大事なこととした。」有名なリープクネヒトのマルクスを語る文章だが、尽きないマルクスの魅力が語られている。そういうマルクスを再認識できるなら、拙もこのブームに大賛成なのだが……。(亮)

●〈藤原書店ブッククラブ〉ご案内●
▼会員特典は、①本誌『機』を発行の都度ご送付／②(小社への直接注文に限り)小社商品購入時に10%のポイント還元／③送料のサービス。その他小社催しへのご優待等。詳細は小社営業部まで問い合せ下さい。
▼年会費二〇〇〇円。ご希望の方は、入会ご希望の旨をお書き添えの上、左記口座番号までご送金下さい。
振替・00160-4-17013　藤原書店